AF436755

De Navajo-Vrouw

Een Western Roman

Richard G. Hole

Far West

KORTE INHOUD

Ze hadden de weg bereikt.

De paarden volgden hem. Het pad werd breder en het leek alsof de kloof links van hen ondieper werd.

Bomen bedekten het gedeeltelijk.

Het pad verbreedde zich nog verder en vormde een soort platform, waar de muur als een soort vizier overheen leunde.

En daar, in het gras, lag een lichaam.

Hij lag languit op de grond, op zijn zij.

Ze droeg een suède rok met franjes, hoog boven de bruine benen.

Twee gedraaide armen, dezelfde hazelnootkleur, bedekten het hoofd.

De Navajo-Vrouw is een verhaal dat behoort tot de Far West Collection, een verzameling romans ontwikkeld in het Amerikaanse Wilde Westen.

DE NAVAJO VROUW

De weg werd de laatste meters steiler en verdween kort daarna. Rechts een rotswand. Links een klif.

'Weet je zeker dat je niet de verkeerde afslag hebt genomen, Mac?

Mac schudde zijn hoofd. Hij was een man van in de veertig, met rood haar en een baard. Hij droeg zeer versleten kleding.

"Nee, wat er gebeurt is dat er een aardverschuiving was. Die moet je overslaan en het pad gaat verder. Klei ...

"Wat gebeurt er?

"Goud is dichtbij.

"Goed.

Mac keek hem aan van onder de rand van zijn hoed.

'Je lijkt niet erg enthousiast. De waarheid is dat je bijna nergens opgewonden van raakt.

Clay antwoordde niet. Hij was waarschijnlijk tien jaar jonger dan zijn partner en gladgeschoren. Zijn zwarte haar viel in een piek over zijn voorhoofd. Hij had zijn hoed afgezet en liet de berglucht zijn zweet drogen.

"Ok, zullen we?

'Ja,' zei Clay.

Zijn kleren, hoewel stoffig, zagen er beter uit dan die van Mac. Zijn handen waren gehandschoend.

Ze spoorden de paarden aan en renden naar de aanval op de heuvel. Hun hoefijzers gleden uit op de harde aarde, maar uiteindelijk slaagden ze erin hem te kronen. Van bovenaf zag de klif er angstaanjagend uit. In de verte pakten wolken zich samen en blokkeerden de ondergaande zon.

'Zie je de weg? Daar beneden.

"Ik snap het.

"We zullen de nacht een beetje verder maken. Er is een grot. Ik weet het nog perfect, hoewel het twee jaar geleden was dat ik hier voor het laatst was.

Hij wendde zich tot zijn partner.

"Luister, vriend. Als we het goud hebben...

"We zullen praten als we het goud hebben.

'Oké, oké. Ik wilde je alleen vertellen dat we in de stad uit elkaar gaan. Dat hebben we afgesproken, toch?

"Als we daar al mee bezig zijn, waarom nog meer praten?

Toen sloeg Clay plotseling zijn partner op de schouder.

'Mac, als ik niet spreek, is dat omdat ik geen zin heb om te praten. Maar het is niets persoonlijks tegen jou.

'Dat weet ik. Maar soms denk ik dat een man opgelucht is als er een last van zijn schouders valt. Ik heb veel tijd alleen doorgebracht en dat weet ik.

'Nou, in dat geval, met een duivel, zwijg en laten we het pad volgen. We gaan uit elkaar of niet, dat weet iedereen, maar ik zal je één ding zeggen, Mac: ik had geen betere partner kunnen kiezen.

"Ik denk dat ik heel blij zou moeten zijn met die woorden en een mal zou moeten dansen, maar verdomme, ook al ben je het dichtst bij een dode man, het lijkt me dat ik ook geen betere reisgenoot had kunnen vinden. En hier praten we onzin, als de nacht over ons kruipt.

Ze hadden de weg bereikt. De paarden volgden hem. Het pad werd breder en het leek alsof de kloof links van hen ondieper werd. Bomen bedekten het gedeeltelijk.

De muur, aan de rechterkant, vormde een voorgebergte. Mac vouwde het eerst op. Toen Clay hem inhaalde, hoorde hij zijn partner uitroepen en zag hij hem staan.

"Wat is er in godsnaam aan de hand?

'Kijk daar eens, Clay,' zei de ander met gedempte stem.

Het pad verbreedde zich nog verder en vormde een soort platform, waar de muur als een soort vizier overheen leunde.

En daar, in het gras, lag een lichaam.

Hij lag languit op de grond, op zijn zij. Clay zag een suède rok, met franjes aan de rand, hoog boven de bruine benen. Twee gedraaide armen, dezelfde hazelnootkleur, bedekten het hoofd.

'Een vrouw,' zei Clay terwijl hij afsteeg.

'Het moet van daar zijn gevallen,' antwoordde Mac.

Ze waren al naast het lichaam. Clay schudde ermee en een gezicht, omlijst door twee zwarte vlechten, kwam in zicht.

'Een indiaan,' zei Mac fronsend.

Clay sloeg zijn ogen neer op zijn benen. Toen legde hij met een bruuske beweging zijn hand op de borst van de vrouw.

'Ze leeft nog,' zei hij even later. Kom op, help me.

Hij nam het lichaam in zijn armen en stond op. De vrouw had haar ogen gesloten. Hij was jong en zijn gezicht had een vreemde, witachtige tint.

'Verdorie,' zei Mac. Verdorie, denk ik...

"Hou je mond en help me.

Hij legde het op de nek van het paard. Voorzichtig, zoals ik zou kunnen met een wezen.

'Hoe ver is die grot waar je me over vertelde?

'O, verdorie, nog geen vijfhonderd meter.

"Is daar water?

"Ja, die is er trouwens. Clay, die vrouw...

"Zwijg. Ga.

Hij leidde het paard bij de teugels en begon te lopen. Mac bestijgt en drijft de muilezels.

De Indiase vrouw bewoog. Clay legde zijn hand op haar blote schouder. De zachte leren blouse, geverfd in kleuren, was gescheurd.

Ze spraken niet voordat ze de grot bereikten. Het was groot en ruim; het toonde zijn mond versierd met lisdodde.

'Breng water en steek het vuur aan.

"Klei ...

'Ik zei doe het, verdomme. Wacht, ik steek het vuur aan terwijl jij het water brengt.

Hij legde het lichaam van de Indiase vrouw zorgvuldig op het droge zand van de grot. Ze opende haar ogen en er verscheen een blik van afschuw in hen. Hij maakte een beweging om rechtop te gaan zitten.

'Wacht even, meisje,' zei Clay. Rustig. Wees stil.

Ze leek hem niet te horen. Hij rolde met zijn ogen en zijn lichaam verstijfde.

Clay hield haar zacht maar stevig vast.

"Stil, kom op, kleintje, stil.

Mac kwam terug met het water in de huid. Hij keek ze nieuwsgierig aan en goot het water in de ketel.

'Snel,' zei Clay. Snel. En jij, wees stil. Mac, je weet veel over Indiërs. Weet jij van welke stam dit kan zijn?

Hij hield haar bij beide schouders vast. Ze had haar ogen gesloten en haar lichaam ontspande. Hij leek weer het bewustzijn te hebben verloren.

'Ze is een Navajo. Kijk naar die foto's op de rok.

'Kun je hem in zijn taal spreken?

"Ik kan, als ze niet dood is of...

'Dat is het niet. Kom op, laten we het vuur aansteken.

Tien minuten later kookte het water bijna. Clay liep naar zijn muilezel en haalde er een leren zadeltas uit.

"Wat ga je in godsnaam doen? Vroeg Mac.

Clay richtte zich op.

'Mac, jij hebt hetzelfde gezien als ik, toch?

"Ja, ik denk van wel.

'Er is iets met die vrouw gebeurd en ik stel me voor wat het is.

Zijn tanden waren op elkaar geklemd. Zijn gezicht was bleek.

'Maar jij, wat kun je in godsnaam doen?

Clay had de zadeltas opengemaakt. Daar haalde hij een portemonnee uit.

Mac boog zich over hem heen.

'Maar dat... is dat van jou?

'Hij is van mij. Doe wat water in een schone pot.

"Maar...

Clay keek hem aan.

"Je hebt me niet begrepen? Zal ik het allemaal moeten doen?

'Nee, Clay, verdomme. Ik vind het net zo leuk als jij, maar ik zal je helpen.

Clay ging terug naar de jonge vrouw. De zon was ondergegaan achter een dichte wolkenmassa.

'Binnenkort komt er een storm,' zei Mac.

'Ik ga haar genezen,' zei Clay.

Mac keek weg.

"Verdomme", zei hij. Vloek. Ik heb veel dingen gezien, maar "dat" is altijd...

'Heb je ook vrouwen verkracht gezien?' vroeg Clay droogjes.

Zijn handen manoeuvreerden behendig en veilig.

'Hij komt bij, Mac. Houd zijn armen vast.

De Indiase vrouw deed haar mond open, maar er kwam geen geluid uit haar lippen. Zijn hele geschokte gezicht was echter dat van een persoon die 'schreeuwt'.

"Met een duivel...

Mac hield haar armen vast. Het lichaam kronkelde.

Praat met hem op zijn tong of sla hem op zijn kaak.

Mac begon te praten. De Indiase vrouw draaide haar gezicht naar hem toe, haar uitdrukking vreemd. Mac bleef langzaam tegen haar praten, terwijl hij haar armen vasthield. Toen hield ze plotseling op met weerstand bieden, maar haar mond bleef openstaan.

Clay klaar. Hij pakte een deken en spreidde die over het lichaam van het meisje. Toen rommelde hij in zijn koffer en wendde zich tot Mac.

Zeg hem dat ik hem medicijnen ga geven. Dat zal de pijn wegnemen.

Mac sprak. Ze leek naar hem te luisteren. Hij schudde zijn hoofd en opende zijn mond. Toen morste Clay een paar druppels op zijn tong. Hij nam het hoofd in zijn handen en bekeek de achterkant van haar nek. Ik was daar. Een wond met opgedroogd bloed. Hij waste het en bekeek het.

"Het lijkt niet erg", zei hij. Hierdoor verloor hij het bewustzijn.

'Ik zou graag,' zei Mac langzaam, terwijl hij op de woorden kauwde, 'de schurk die dit heeft gedaan, een half uur met hem kletsen. Chat en doe wat dingen met hem die ik ook ken.

Clay stond op. Hij waste zijn handen in het hete water. Hij wendde zich tot zijn partner.

"En ik wil er graag getuige van zijn", zei hij.

De Indiase vrouw had haar ogen gesloten. Het leek te slapen.

'Wat heb je hem gegeven?

"Opium.

Mac haalde de rubberen zak tevoorschijn waarin hij zijn tabak bewaarde. Met trillende handen begon hij een sigaret te rollen.

'Klei, jij... al dat gereedschap... en je hebt opium. Jouw...

'Dat ben ik, Mac, maak je geen zorgen. Ik ben een dokter.

'Ja, dat ben je, hel. Je bent. Je hoeft alleen maar te zien wat je voor dat arme schepsel hebt gedaan.

Clay had Mac de rug toegekeerd.

'Ik denk dat we eten moeten maken,' zei hij.

"Wat ik niet begrijp is dat...

"Zwijg, wil je?

"Ja.

Mac begon het avondeten te maken. Hij zag hoe Clay zijn hand op het voorhoofd van de Indiase vrouw legde en toen haar pols voelde.

"Is heel slecht?

"Hij heeft lichte koorts. Mac, wat is de dichtstbijzijnde stad?

'Laatste, en het komt niet in de buurt. Het is vijftig mijl.

"Je moet het ergens naartoe brengen. Als het erger wordt, kan ik hier niet veel doen.

"Daar is de Dulles-post. Twintig mijl die heuvel af. Op de weg.

"Mac.

"Ja?

"Zou je het erg vinden...?

'Hé, nee, Clay. Het zou klaar moeten zijn. Goud kan wachten. Ze gaan het niet weghalen.

'Je bent een goede vent, Mac.

'Ga naar de hel. Wie kan... het vervloekte varken zijn geweest dat hem dat heeft aangedaan?

"Een indiaan?

'Zou kunnen, Clay. Er zijn indianen en blanken die het verdienen om opgehangen te worden.

'Mac, ze begreep je.

"Het lijkt wel, maar hij heeft niet gereageerd. Misschien spreekt hij een ander dialect, maar die foto's zijn Navajo.

'Dat is het niet, Mac. Is het je niet opgevallen? Het is stom.

Verdomme, Clay.

"Ik kan niet praten. Waarschijnlijk nooit. Ze wilde schreeuwen, maar ze kan niet. Maar ze is niet doof. Hij kalmeerde toen je met hem sprak.

'Ik heb haar gezegd dat je haar zou genezen en dat we haar niets zouden aandoen. Ik herhaalde het tegen hem.

"Ja.

Er viel een stilte.

De scherpe geur van gebakken spek steeg op uit de pan.

'Laten we gaan eten. Ik zet de koffie.

"Ja kom op.

* * *

De volgende ochtend was de zon niet zichtbaar, verborgen achter de wolken. In de verte klonk de donder.

Clay liep naar de Indiase vrouw toe. Deze had haar ogen open. Hij nam haar pols op.

Er verscheen een uitdrukking van opluchting op zijn gezicht.

'Geen koorts, Mac.

Mac gaf hem een blikje koffie.

'Zeg haar dat ik haar weer ga genezen. Stel haar gerust als je kunt.

Haar ogen waren groot. Hij bewoog nauwelijks.

"Dus, wat kunnen we nu doen? Is het beter?

'Blijkbaar. Mac, blijf een tijdje bij haar. Ik ga terug naar waar het is gebeurd. Misschien is daar iets.

Het kostte hem niet meer dan een uur om terug te keren.

"Ik heb niets gevonden. Misschien heb je ...

"Ik zal ernaar kijken. Maar...

Een dikke druppel viel op zijn hand. Dan een andere. Meer. Ze gingen de grot binnen.

'Dat zal alle sporen wissen, Clay. Ik denk dat het nutteloos zou zijn. Ik had moeten gaan.

"Nou, het kwaad is geschied.

Het regende de hele ochtend. En 's middags was het weer nog steeds grijs en koud.

Ze aten en gaven de Indiase vrouw eten. Ze bleef ernaar kijken, maar er was geen angst meer in haar ogen. Het was toen dat Clay zei:

"Mac, probeer het.

"Wat?

'Er moet een manier zijn waarop hij ons kan vertellen wie het was.

Maar Clay, hij kan niet praten.

"Ik weet.

Hij fronste.

'We zijn klootzakken, toch, Mac?

'Ik weet niet eens waar je het over hebt.

'Hier, jongens, terwijl er goud in de buurt is, hè? Wachten tot we arriveren om het op te halen. En wij, hier, naast die wilde.

Mac stond op.

'Clay, als er zon was, zou ik je zeggen dat je te veel hebt gehad. Wat zeg je nu weer?

"Ik zeg dat we idioten zijn.

'En ik zeg... Verdomme, klootzak, als je dat denkt!...

Klei glimlachte.

'Ik wilde je gewoon testen, Mac. Onder die baarden en onder dat smerige hemd zit een man.

Mac viel weer neer.

'Hoe, Clay? Hoe kunnen we dat doen?

"Ik weet het niet...

Hij fronste.

'Mac, de Indianen schilderen. En al zijn schilderijen hebben een betekenis. Water, aarde, lucht, afstanden... Zijn tekeningen zijn ideografisch.

"Dat laatste begrijp ik niet, maar ze schilderen wel.

'Ze kan het, Mac. Kan zijn.

Mac rolde een sigaret.

"Ik zal het proberen.

Hij boog zich over de indiaan heen en begon tegen haar te praten. Langzaam, in monosyllaben. Ze staarde hem aan met haar ogen, omringd door lange zwarte wimpers. Welke gedachten zouden zich onder het gladde voorhoofd kunnen ontrollen? Clay staarde haar aan. Ze had het perfecte lichaam kunnen zien verborgen in de suède rok en blouse. De Indiase vrouwen zijn meestal niet mooi, maar dit was een goed voorbeeld van hun ras.

Toen haalde ze plotseling een hand uit de lijkwade. Met een stijve vinger wees hij naar het vuur. Toen zwaaide hij met zijn hand in de lucht.

'Mac, geef hem een merk,' zei Clay. Misschien is dat wat je wilt.

Mac liet India een saai merk zien. Ze stak haar hand naar hem uit.

Hij pakte het bij het onverbrande deel. Clay stond op, pakte een gladde steen en legde die naast het meisje.

De hand viel. Ze ging een beetje rechtop zitten en trok toen met behendige vingers lijnen.

Het hoofd viel weer. De donkere ogen keken hen afwisselend aan.

Clay boog zich over de steen. Een verticale streep en een halve cirkel eronder, met de opening naar beneden gericht.

"Ik snap het niet.

"Noch ik.

Hij sprak weer met de Indiase vrouw. Langzaam, serieus.

De hand pakte het merk op en tekende opnieuw.

'Een paard of een muilezel,' zei Clay.

En het teken werd herhaald. Deze keer op de heup van het dier geplaatst.

De twee mannen staarden elkaar aan. Bijna een minuut lang sprak geen van beiden.

'Een strijkijzer', zei Mac. Een vee ijzer.

"Ja.

"Als we een van die ijzers zien, zullen we weten ...

Hij schudde zijn hoofd.

'Nee, we zullen het niet weten. Op alle dieren van een vee wordt een strijkijzer gelegd. Paarden en runderen. We zullen alleen weten dat iemand die het draagt, degene was die ...

De regen begon weer. De Indiase vrouw had haar ogen gesloten.

* * *

Twee dagen later begonnen ze aan de afdaling. De Indiase vrouw zat schrijlings op een van de muilezels. Zijn gezicht had de vreemde kleur verloren.

HOOFDSTUK II

De post.

Een vierhoek met een adobe hek en een huis in het midden. Naast het huis de stallen.

Een pion naderde hen en hield hun teugels vast. Een Mexicaan. Zijn ogen keken even naar de Indiaan.

'Laat het Sally weten.

Een vrouw en twee mannen aan de deur. De vrouw was lang, blond, in de dertig. Haar haar was opgebonden in een dikke vlecht. Heren overhemd en broek met witte manchetten.

Clay was al bij de bronpomp. Toen het water begon te stromen, stak hij zijn hoofd eronder.

"Hallo, Sally", zei Mac.

Hallo, Wortel.

Een brede glimlach krulde de lippen van de vrouw.

"Lang niet gezien, verdomde roodharige.

Mac stapte uit en spreidde zijn armen. Ze leek bang.

"Hallo nee, je moet naar geit ruiken! Raak me niet aan voordat je een goed bad hebt genomen.

Maar ze liep naar hem toe en schudde hem de hand.

Toen keek hij naar Clay.

"Vriend? Medewerker?

'Beide,' zei Clay. 'Mijn naam is Bester.

"Hij houdt van water?

"Ik hou van.

'Kom op, Wortel, je zult moe worden. Kom binnen en... wat breng je daar in godsnaam mee?

'Een zieke Indiase vrouw,' zei Clay.

'Ziek? Mac, die Indiase vrouw is een Navajo.

"Het is.

"Waar heb je het gevonden?

Clay had twee stappen vooruit gezet.

'Ze is ziek, mevrouw. Wat ongemak? Ik bedoel, nemen we haar terug?

De glimlach verdween van het gezicht van de vrouw.

"Wortel", zei hij, "waar heb je die vandaan?

'Luister, Sally, dit is serieus.

'En het meisje staat daar in de zon,' zei Clay droog. Ik wil alleen weten of we haar moeten meenemen.

'Wortel,' zei ze, alsof ze hem niet had gehoord. Vertel je vriendin dat Sally Dulles geen hond voor haar deur achterlaat.

"Luister, Salie...

'U hebt geen tussenpersonen nodig, mevrouw Dulles,' zei Clay. We kunnen het meisje wel passeren, toch?

"Doe het.

Clay pakte de Indiase vrouw op en droeg haar naar binnen. Het was vers en het rook lekker. Leer, touw en goed gekookt voedsel.

Een enorme open haard in een front. Een enorme tafel en stoelen. Fittingen hingen aan spijkers aan de muren. En het hoofd van een poema die met open kaken naar hen staarde, met getrokken hoektanden.

'Bill, ga met ze naar boven en laat ze kamer zeven zien. Laat India daar blijven. Trouwens, Carrot, jij verdomde gambusino, welke ziekte heeft hij? Ik hoop dat het niet besmettelijk is.

'Ik hoop hetzelfde,' zei Clay, zonder te glimlachen. Maar gelukkig denk ik van niet. Ze heeft net iemand haar verkracht en achtergelaten op een bergweg.

De vrouw draaide haar hoofd langzaam naar hem toe.

"Spreekt u in...?

'Dat ben ik. Helemaal serieus, mevrouw Dulles. Dat deden ze.

Ze haalde diep adem.

'Ik ga met je mee, Billy,' zei hij.

Clay liet zich op een stoel vallen.

'Mac, geef me die zak tabak eens,' zei hij.

Hij rolde een sigaret en stak hem op.

'Clay, Sally is een geweldige vrouw. Je had niet zo tegen hem moeten praten.

'Er zijn mensen die een indiaan niet in hun huis zouden toelaten, zelfs niet als ze hem zagen sterven, Mac.

"Zij doet niet.

Clay kwam overeind. Hij beklom de versleten houten trap naar de bovenverdieping en liep door de gang. Toen hij bij kamer zeven kwam, ging hij die binnen.

"Buiten! "Zei Sally." Ik zal...

'Maak je geen zorgen, mevrouw Dulles. Ik ben degene geweest die voor haar zorgde, niet degene die haar verkrachtte. Nu is hij veel beter, maar niet helemaal goed.

"Wie was ...?

"We weten het niet.

'Nou, ga toch maar weg. Ze kunnen beneden iets eten. Ik zal zelf zeggen dat ze het klaarmaken.

"Bedankt.

Hij raakte het hoofd van de Indiase vrouw aan. Ze pakte zijn hand en bracht die naar haar wang.

'Ze is stom,' zei Clay.

Wacht beneden.

Toen ze beneden kwam, zaten Mac en Clay aan een bord stamppot te eten.

'Wortel, hel, altijd in de problemen.

Hij liet zich op een stoel vallen.

"Varkens" zei hij.

'Verdorie, Sally, ik hoop dat je het niet voor ons zegt.

"Ik zeg dit voor de mannen in het algemeen en in het bijzonder voor degenen die dat deden.

Zijn ogen waren blauw. Zijn gezicht, glad; zijn handen sterk en schoon.

'Sally' zei Mac. Mijn vriend is dokter. Hij heeft voor haar gezorgd.

"Zwijg, wil je?

Clays stem was droog, snijdend.

Sally draaide zich naar hem om.

"Dokter? En wat doet...?

Hij stopte. Hij maakte een gebaar met zijn mond.

'Blijf eten, dokter.

"Mijn naam is Clay.

'Blijven eten, Clay. Graag?

"Het is uitstekend. Zelf?

"Nee, mijn Chinees. Maar ik heb het hem geleerd. Wortel, degene die dat deed met zo'n meisje is een...

Zeg het.

'Je mag zijn achternaam zetten. Mac, wat deed je daarboven?

'Wat altijd, Sally. Op zoek naar goud.

'Gambusino dood, hè? Waarom voel je je hoofd niet een keer?

'Ik zou bijvoorbeeld met je kunnen trouwen, hè, Sally?

'Als je je elke dag wast, praten we erover. Nu komt de etappe van Last eraan. Ik zal een baan hebben. We zullen later praten. Hé, dokter...

"Klei, Sally.

'Clay, ze hebben de bar ernaast. Na het eten kunnen ze wat drinken.

"Bedankt. We zullen het doen.

Zij stond op. In de verte klonk het gebrul van de postkoetshoorn.

Sally ging naar buiten. Clay was klaar en vertrok.

Er kwamen twee vrouwen en twee mannen binnen. Een Chinees kwam uit de keuken en begon borden op tafel te zetten.

De postkoets stond op het erf, terwijl de arbeiders hun harnas begonnen los te maken om hun schot te veranderen.

De bar stond naast het huis, in een schuur. Mac leidde hem naar hem toe.

"Grote Sally", zei hij. Hij runt dit al vijf jaar. En ach, hij doet het goed. Sinds zijn vader stierf.

'Ik heb het al gezien. Ga in bad en vraag hem ten huwelijk.

'Ben je gek? Ik ben niet eens goed in het likken van zijn laarzen.

"Geen enkele man zou daarvoor geschikt moeten zijn, hoewel sommigen dat wel doen.

Ze gingen de bar binnen. Er zaten al vijf of zes mannen in. Achter de toonbank vroeg een Mexicaan wat ze dronken.

Twee van de mannen waren blijkbaar de postillion en de voogd. Hij had zijn geweer op de toonbank laten liggen.

Er klonk een driehoek en Sally's stem kondigde aan dat het eten klaar was. De postillion en zijn metgezel haastten zich naar buiten.

Ze dronken de whisky, langzaam Clay, snel Mac. Hij bestelde een andere.

Sally kwam binnen en stroopte haar hemdsmouwen op.

"God, wat heet.

'Een glas? vroeg Mac.

"Ik kan niet met iedereen drinken. Ik zou uiteindelijk de deuren niet vinden.

Hij keek niet naar Mac, maar naar Clay.

'Luister, Clay. Is er geen idee, niets dat je doet denken aan wie dat gedaan kan hebben?

'Er is iets, Sally,' zei Mac.

"Wat?

Het was Clay die antwoordde. Hij doopte zijn vinger in de whisky en schoof die over het houten aanrecht.

'Dit. Een strijkijzer.

De drie overgebleven mannen in de bar waren naderbij gekomen.

'Een strijkijzer? A) Ja? vroeg Sally.

"Ja.

"Hoe weten ze dat?

'Het Indiase meisje tekende het zo.

'Nou, ik ken er geen zoals zij. En ik denk dat ik ze allemaal ken.

"Iedereen?

"Die van de regio, ja. Geen van hen is hetzelfde, maar...

Clay keek haar recht in de ogen. De jonge vrouw fronste.

"Er is iets soortgelijks, maar...

Eelt. Clay wachtte even.

'Nog een drankje?' vroeg ze.

'Je wilde iets zeggen.

'Sally, als je er een weet...' zei Mac.

"Geen.

"Maar Sallie...

'Geen. Nog een drankje?

"Bedankt" zei Clay.

Hij draaide zijn rug naar de toonbank en keek nonchalant. De drie mannen die naderbij waren gekomen, gingen weer uiteen en richtten zich elk op zijn glas.

'Wil je het niet? vroeg Sally.

'Nee. Ik wil niet meer.

Alle drie de mannen dronken. Een van hen legde twee munten op de toonbank en liep naar de deur.

"Tot ziens, Salie.

De andere twee volgden hem. Sally, Clay en Mac werden alleen gelaten.

'Sally,' zei Mac.

'Zie je niet dat hij niet wil praten? vroeg Clay. Vraag het hem niet.

"Juist" zei Sally plotseling. Hij pakte een glas, vulde het met whisky en dronk het in één teug leeg.

'We zullen voor het meisje zorgen, jongens. Maar het is zeker beter haar hier snel weg te halen. Dit...

'Vind je het erg dat ik hier ben? "Zei Clay." Ik kan uw verblijf betalen.

"Het stoort me niet, en ik breng geen kosten in rekening als ik iemand help die het nodig heeft. Maar hier klopt het niet. Er zijn geen voorwaarden. Aan de andere kant...

"Wat?

'Iemand zou haar terug moeten geven aan haar raciale broers.

"Bij ons bijvoorbeeld, toch?

Clays stem was droog, snijdend. Geen woord meer dan nodig.

'Jullie hebben haar meegebracht, jongens.

'En iemand... heeft haar mishandeld, meisje.

Sally sloot haar mond. Toen richtte hij zich plotseling tot de roodharige:

'Mac. Je bent hier eerder geweest.

"Ja. Nou, Sally, wat is er aan de hand?

"Er zijn dingen die je beter niet kunt aanraken.

'Sally, ik begrijp je niet... of je legt jezelf niet uit.

"Ik kan niet meer praten.

Clay had de hele tijd met zijn rug naar de balie gestaan, aangezien ze alleen waren. Nu wendde hij zich plotseling tot Mac.

'Heb je je niet gerealiseerd dat als ze niet praat, dat komt omdat ze bang is? En wil je dat ik je vertel wat haar bang maakte?

"Gewoon" zei de roodharige. Ik denk bijna dat ik het niet nodig heb.

'In dat geval, uit liefde van God, verlaat haar. Laat hem zijn tong opeten. En wat maak je een goede winst.

'Jij...' zei Sally.

"Ja,meisje?

'Je weet niet eens waar je het over hebt.

"En jij weet het?

"Mac kan je vertellen dat...

'Mac zal me vertellen wat hij wil, maar als we alleen zijn. En maak je geen zorgen. We halen dat meisje hier weg en nemen haar mee. Maar je kunt er zeker van zijn dat als we ooit de klootzak tegenkomen die het vuile werk heeft gedaan, hij het niet wil herhalen. Wie het ook is.

Hij draaide zich om en keek de vrouw aan. Haar gezicht was rood geworden.

"Ik sta niet toe dat iemand zo tegen me praat.

"Niet? Nou, ik doe het. Hij hoeft ons alleen maar te zeggen dat we die vuile Indiase vrouw uit haar huis moeten krijgen, niets meer dan het met alle woorden te zeggen. Welnu, we gaan het doen.

De hand van de vrouw schoot de lucht in en sloeg Clay in het gezicht.

Hij pakte haar pols en kneep erin.

"Laat mij los!

Clay, lippen samengeknepen, gezicht bijna wit, bleef knijpen. Toen, beetje bij beetje, liet ze Sally's hand zakken. Ze boog haar knieën en kromp ineen.

Clay liet haar los.

'Niet meer doen, meisje.

Ze leunde tegen de toonbank.

'Iedereen zou hem ervoor vermoorden, Clay.

'Het is mogelijk. En elke vrouw zou zich schamen om een ander die haar was overkomen niet te helpen. Laten we gaan, Mac. Dit is klote.

Hij ging naar de deur. Macs gezicht was rood.

'Luister, Clay, zoiets kun je niet doen.

'Ik heb het gedaan, Mac. Maar als je het niet leuk vindt... Ik zal je één ding zeggen: ik wilde voor het eerst in mijn leven een vrouw slaan. En ik heb ze doorstaan. Is het genoeg voor jou?

Hij had de deur bereikt.

"Ik ga voor het meisje", zei hij. Kom met me mee als je wilt, Mac. Zo niet, dan ga ik alleen.

Hij liep naar de paal. Toen hij de kamer binnenkwam, was de tafel bezet door de postkoetsreizigers, ze keken naar hem op.

Hij bereikte de ladder en begon erop te klimmen. Het gewicht van de blikken op zijn rug voelen. Hij opende de deur van kamer zeven.

De Indiase vrouw lag vredig te slapen, haar zwarte haar op het kussen. Hij staarde haar aan en zijn strakke gezicht verzachtte. Dus, slapend, zag ze eruit als een kind.

Hij voelde voetstappen en draaide zich om. Sally en Mac kwamen aan.

'Ik wacht tot hij wakker wordt,' zei Clay. Verdorie, hij had het nodig.

'Clay, je hebt het mis', zei Mac.

'Denk je? Over jou?

'Wat betreft hen beiden, hellen. Sally is daar niet een van. Ik weet.

'Waarom laat je haar niet voor zichzelf spreken, Mac? Hij heeft een mond en is meerderjarig.

Sally deed de deur achter zich dicht.

'Mac, vertel het hem. Vertel hem wat ik je heb verteld.

"Clay" slikte de roodharige ", laat me je iets vertellen.

'Nou, zeg het dan met een duivel.

'Clay, herinner je je de drie mannen in de bar nog?

'Ik zag ze zoals jij.

'Je weet niet wie ze waren.

"Nee, en ik geef geen...

'Clay, wacht. Het zijn de mannen van Lot Amazee.

Clay keek naar hem.

"Spreek zacht. Het meisje heeft slaap nodig.

'Je weet niet wie Amazee is. LA, noemen ze het. En het doet wat het wil.

'Wat heeft dat in godsnaam met jou en mij te maken?

"Hij zegt wat er moet gebeuren. En zijn mannen zorgen ervoor dat het zo is.

'Ik ben nog steeds blind, Mac.

'Laat me, Mac.

Sally deed twee stappen naar voren.

'Luister, man. Er is geen ijzer zoals jij zegt dat de indiaan tekende. Maar er is er een die er erg op lijkt. Een kruis op een cirkel.

Clay staarde haar aan.

"Een strijkijzer kan na verloop van tijd worden gewist, of een persoon kan het verkeerd interpreteren. Maar het is vrijwel zeker dat wat het meisje zag niets anders kan zijn dan dat van Amazee.

Clay haalde diep adem.

'Nou, in dat geval was een van de mannen van die Amazee degene die het vuile werk deed.

Mac keek naar Sally. Ze slikte.

'Je begrijpt het nog niet. Er zijn verschillende jongens op de Amazee-ranch die daar heel goed toe in staat zijn.

"In dat geval hadden het er meerdere kunnen zijn. Er is geen ander verschil dan de hoeveelheid tussen een kudde varkens en een enkel varken.

"Dat is er. Laat me spreken. Er zijn er meerdere, ja, maar er is er vooral één die ... die het zonder aarzeling zou doen. Omdat bekend is dat hij het andere keren heeft gedaan.

'Begrijp je het niet, Clay? Hij is Amazee's eigen zoon, Tob Amazee.

"Als vrouwen met jonge dochters weten dat Tobias Amazee in de buurt is, verstoppen ze die in de grot", zei Sally. Tenminste, als ze er op tijd zijn voordat Tob ze heeft gezien.

Clay zei:

Geef me wat tabak, Mac.

Mac gaf hem de tas en gaf hem het papier. Clay rolde het langzaam op.

Hij nam de eerste zuigbeurt.

'Zo, zo gemakkelijk?

Sally had haar handen in haar broekzakken.

"O, soms is het niet makkelijk. De meisjes hebben ouders en broers. Maar dan weet Tob ook hoe het moet.

'Kun je zijn voeten niet tegenhouden?

"Zij proberen. Er zijn verschillende kruisen op een begraafplaats om het te bewijzen.

'Begrijp het. En niemand heeft zo hard geprobeerd hem te vermoorden.

"Het is niet gemakkelijk om Tob Amazee te doden. Nee, als de mannen van zijn vader hem omringen.

'En zijn vader houdt hem niet tegen?

Sally glimlachte strak.

'Hij komt er niet in. Hij houdt gewoon vee. De rest interesseert hem niet. Er zijn mensen die zeggen dat ze hem ooit een reprimande hebben gegeven: «Jongen, minder impuls. We zijn allemaal jong geweest, maar ga niet overboord. " Maar als iemand "oh, iemand heeft het een keer geprobeerd" hem "echt" om zijn middel wil doen, laat de oude Lot zijn tanden zien. «Wie de puppy aanraakt, meet eerst. Het zal niet zo zijn dat de doos klein is naar hem ». Dat is Lot Amazee en dat is zijn zoon Tob. En dat is het verhaal.

Clay had het midden van zijn sigaret bereikt. Hij gooide het in een hoek.

'En die jongens kwamen van de ranch van Lot.

"Ze zijn. En als ik had gesproken over het kruis en de cirkel, voor hen ...

'Wat zou er met hem zijn gebeurd, Sally?

'Ik weet het niet. Ik wil er niet aan denken.

Clay keek haar aan. Het was een verticale blik, op en neer, van blond haar tot laarzen.

'Waar verstop je je als Tob Amazee arriveert, Sally?

Een roze kleur die begon bij de halslijn die het shirt onthulde, werkte zich een weg naar het voorhoofd van de vrouw. Het leek alsof het licht van de zonsondergang door het raam naar binnen was gekomen.

'Klei,' zei Mac.

"Laat je me nooit 'zij' antwoorden?

'Ja, Mac, je hebt gelijk. Laat me antwoorden. Ik verstop me nergens, Clay. Ik wil niet meer over mezelf praten. Niet meer.

De laatste woorden waren met opeengeklemde tanden gesproken en kwamen er sissend uit.

En "voegde hij er even later aan toe", nu weet je bijna alles.

"Bijna Ja.

'En je weet waarom dat meisje hier niet verder kan.

'Heeft Tob Amazee zich ooit zorgen gemaakt over het bewijs van zijn schurken?

“Voor zover ik weet, ja.

'Wat zegt de sheriff?

'Ja, voor alles wat Lot wil. Nee, naar wat Lot niet wil. Dan is er een sheriff. Er is niet altijd.

Hij wendde zich tot Mac.

'Wortel, vertel hem wat er met Lowrie Bliss is gebeurd. Jij was hier. Ik herinner me. Je had een muilezel verloren en zocht een andere.

'Natuurlijk, Sally. Lowrie ging Tob zoeken op de ranch. Tob had een jongen vermoord...

'Busty C. Hij is omgekomen in een juridisch duel. Zo legaal dat twee van Tob's mannen Busty vasthielden terwijl Tob vijf kogels in zijn lichaam schoot. Allemaal volledig "legaal".

'Vijf kogels? Waarom niet om zes uur, als dat is wat we gaan doen?

'Wacht even. Lowrie ging hem zoeken. Er waren twee getuigen geweest, die hem precies vertelden hoe het was gebeurd. Hij sprak met de oude Lot Amazee, en hij weigerde het te geloven. Zijn zoon had zoiets niet kunnen doen. Hij noemde hem...

Hij pauzeerde. Zijn borst zwaaide. Er was een vreemde blik in zijn ogen.

Lowrie was een goede sheriff. Jong en sterk. Hij wist met revolvers om te gaan en was, tegen het advies van de burgemeester in, aangesteld door de koopmansraad van Last...

Clay kneep zijn ogen tot spleetjes.

'Kende je Lowrie?

Ze hield haar mond. Langzaam bracht hij zijn hand naar zijn keel.

"Ik kende hem. Dat is genoeg. Toen Lowrie zei dat hij bewijs had, belde Lot Amazee zijn zoon. Tob lachte. 'Geef ze maar,' zei hij.

'Wie heeft je dat verteld, Sally?

'Het is al genoeg, Clay,' zei Mac zacht. Al genoeg. Is wat ze zegt niet genoeg voor je?

"Hij wil het weten. Waarom niet? Lowrie was niet in staat om het bewijs te overleggen. Toen hij het ging doen, vermoordde iemand hem. Een paar veedieven, hield hij zichzelf voor, en ze moesten het allemaal geloven. Maar Tob... Tob... zei dat hij was gedood door een zesde kogel. Hij zei dat hij op een avond dronken was aan de bar.

Hij pauzeerde.

En dan, zonder enige intonatie, alsof hij het reciteerde:

De zesde kogel ging van achteren door zijn hart. En daar eindigde Lowrie. Er is een kruis op het Laatste kerkhof. En het is alles wat er nog van hem over is.

Clay haalde diep adem. Toen stak hij plotseling zijn hand uit.

'Sally, heb ik je eerder pijn gedaan? Als dat zo is, dan spijt het me.

HOOFDSTUK III

Een olielantaarn verlichtte de deur van de post. Buiten de muren strekte de weide zich uit tot aan de horizon, bezaaid met salie.

Sally stapte de deur uit en keek naar de lucht.

"Binnenkort komt er een storm", zei hij.

Mac naast haar haalde diep adem.

'Ik vind het niet leuk', zei hij.

"Wat?

"Ik weet het niet.

Ze siste hoog en bracht twee vingers naar haar mond. Er verscheen een pion aan de poort van de stallen.

"Ja mevrouw!

"Zijn de laatste schoten klaar?

"Ja mevrouw.

"Ga slapen.

Mac haalde de zak tabak tevoorschijn en begon de sigaret te rollen.

"Je hebt gezien?

"Naar de dokter?

'Hij houdt er niet van om zo genoemd te worden. Hij vindt het gewoon niet leuk.

'Hoe kende je hem?

"In Tucson. Hij dronk, ik dronk, en uiteindelijk dronken we samen. Toen we 's ochtends wakker werden, vertelde hij me dat sommige mannen wisten dat goud, naast geel, op bepaalde plaatsen groeit. Dus hij vertelde En ik begreep dat hij te veel gedronken had en dat hij iets had gezegd.

"Iets dat?

"Dat vroeg ik me af. Dus ik vertelde hem dat...

'Dat je wist waar goud was.

Maar hij leek niet geïnteresseerd. Toen we afscheid namen, kwam er een man tussen. Hij had ook iets gehoord. Weet je, Sally, een man moet soms de remmen loslaten. Je bent jaren bezig met zoeken naar metal, alleen, in de bergen, in de valleien, en plotseling heb je de behoefte om te praten. Die man stond in de weg en zei dat we naar feestjes konden gaan. Ik weigerde zelfs naar hem te luisteren. En toen was hij gewapend. Die man was met twee vrienden, en alle drie dreven ze me in het nauw. Ze wilden me laten drinken om mijn tong los te maken. Ik sloeg er een en ze vielen op me. En toen hielp hij me. Details doen er niet toe, Sally. Het feit is dat twee van hen raakten gewond.

Hij pauzeerde.

'Nou, Sally, en sindsdien zijn we samen.

'Is het waar dat hij een dokter is?

'Sally, ik heb je dat Indiase meisje zien genezen en ik heb het je gevraagd. Hij bekende het aan mij. Maar hij wil niet dat er over hem gepraat wordt.

"Waarom?

'Ik weet het niet eens. Noch wat doet een dokter op zoek naar goud met mij, hier, op deze plaatsen. Ik weet het niet, Sally, dat is het. En hij wil er niet over praten.

Hij snoof de lucht op en schudde zijn hoofd.

"Ik vind het niet leuk", herhaalde hij.

'Wat vind je niet leuk, Mac?

'Ik weet het niet, Sally. Maar er is iets wat ik niet leuk vind. Ik ben een oude hond op het platteland, en er is iets met vanavond dat ik niet zo leuk vind.

"Het wordt cool", zei de vrouw. We kunnen beter naar binnen gaan. Morgen om zeven uur arriveert de postkoets van Thule en moet je klaar staan.

Ze bereikte de drempel van de deur en stond op het punt het huis binnen te gaan toen Mac haar tegenhield.

"Vind je het niet? "vraag ik.

"Ik merk niets.

'Verdomme, misschien word ik oud, Sally. Nou, laten we naar binnen gaan.

Hij draaide zich om en toen zag Sally het.

Eerst dacht hij dat het een optische illusie was. Het had hem geleken dat er iets was bewogen op het grote toneelplein van de post.

Hij stopte en was zich ervan bewust dat je in het donker niet moet staren, maar naar één kant van de lens, en keek weg. En toen was er niet meer de minste twijfel.

Er bewoog iets op de binnenplaats. En het was niet slechts één ding, maar waarschijnlijk twee.

'Mac,' zei hij zacht.

"Hoe gaat het?

'Je had gelijk. Heb je het pistool daar?

'Trouwens, Sally, maar... Verdorie, ik denk...

De twee figuren waren naast hem verschenen als een condensatie uit de schaduwen.

Sally voelde een brutale hand voor haar mond, terwijl een andere hand haar arm greep, haar ronddraaide en haar het huis in trok.

Dit alles in twee seconden. Ze hoorde Macs naar adem snakken en kon nog steeds zien dat het niet langer twee schaduwen waren, maar vier of vijf die op de man afstormden.

En toen struikelde hij en viel op de grond. Er kwam een voet naar zijn keel.

De deur gaat plotseling dicht.

Door het vuur in de open haard kon hij kijken, ook al had hij zijn rug gestoten.

Er waren niet minder dan vijf lange, halfnaakte mannen in de grote hal van de post. Ze droegen bijlen en geweren in hun handen, en de vlammen van het vuur dansten op hun rode gezichten.

Indianen.

Indianen op de post, beschilderde en gewapende Indianen. Sally sloot haar ogen.

Mac werd vastgehouden door drie van de Indianen, terwijl twee anderen in bijna volledige stilte naar de trap liepen. Dit leek een nachtmerrie.

Hij hoorde Mac iets sputteren en een van de Indianen antwoordde hem.

En op dat moment stopten de twee Indianen die naar de bovenverdieping begonnen te stijgen. Boven aan de trap was iemand verschenen.

De hand voor haar mond rook verschrikkelijk en Sally kokhalsde. Desondanks kon hij zien dat degene die naar boven was gekomen Clay was. En hij had iets in zijn handen.

Toen lieten ze haar los en ze ging op haar knieën. Het gewicht dat hij op zijn lichaam had gedragen, verdween.

De vlammen sloegen vast op een half verbruikt houtblok en de scène was beter verlicht.

Naast haar was een donker gezicht en een hand die een bijl ophief. Ze besefte dat ze stil moest blijven en dat deed ze, maar ze rolde met haar ogen naar de trap.

'Klei,' zei Macs stem.

'De eerste die beweegt, ik vermoord hem,' zei Clay. Zeg het hem, Mac, als je kunt.

Hij had met een kalme maar gespannen stem gesproken.

Sally zag het geweer in Clays handen een langzame bocht maken en een groep Indianen bedekken. Mac sprak met gebroken stem en een van de Indianen antwoordde hem.

'Ze willen ons niet vermoorden, Clay,' zei Mac, op weg naar de ladder.

'Ze willen gewoon het meisje.

'Dus dat? Zeg dat ze je vrij moeten laten.

De twee Indianen die Mac vasthielden, lieten hem los, maar een van hen had de revolver van de gambusino in zijn hand.

'Zie je het? Niet schieten, Clay.

'Ik ga het niet doen als ze je niet nog een keer proberen te pakken te krijgen. Zeg tegen die vent dat hij bij Sally weg moet gaan en de anderen moet ontmoeten.

Sally stond op en liep naar de trap.

En een oogenblik heerschte stilte in de grote zaal.

Het was Mac die als eerste sprak:

'Ze zijn van de stam van het meisje, Clay. Ze zijn hierheen gekomen om het te zoeken.

Vertel ze dat ze ziek is. Ze kunnen haar nu niet meenemen.

'Geef het hem,' kwam Sally tussenbeide, nog steeds hijgend.

'Tenzij ze haar zien.

Mac wendde zich tot een van de Indianen, een lange man die ouder leek dan de anderen. Even sprak hij gebroken tot hen. De Indiaan maakte een paar geluiden en antwoordde toen:

"Hij zegt dat hij zijn vader is. Ze volgden ons spoor hier. Dat we het hem terug moeten geven.

Clay nam een besluit. Altijd met het geweer in zijn hand zei hij:

'Zeg haar dat ze naar haar toe moet komen. Zijn ze voor de oorlog geschilderd, Mac?

'Nee, dat denk ik tenminste niet. Het zijn niet de kleuren van oorlog, zoals ik het begrijp.

'Kom naar boven. En jij ook. Nee, Mac, jij blijft bij hen, maar bij het minste teken van gevaar, schreeuw je.

'Ik denk niet dat die er is, Clay.

De Indiaan klom op de ladder en passeerde Clay. Hij volgde en leunde met het geweer op zijn nieren. Tot slot Salie.

De Indiase vrouw was wakker geworden. Toen hij zijn landgenoot zag, werden zijn ogen groot.

De Indiaan kwam naar haar toe. Toen legde hij zijn hand op haar hoofd.

Hij wendde zich tot Clay.

"Ziek...? Medicijnen?

Clay knikte.

"Spreek Engels?

"Geneesmiddel?

"Ja. Ik, medicijn.

Het meisje begon met haar handen in de lucht te zwaaien. De Indiaan keek haar aandachtig aan. Toen hij zijn gezicht naar Clay wendde, keek hij onbewogen. Toen zei hij een paar woorden.

'Dit zou Mac moeten zijn,' zei Clay. Die twee praten. Ze begrijpen elkaar.

"Ik kan dat zien.

De Indiase vrouw bleef in snelle gebaren met haar handen zwaaien. Hij wees naar Clay en Sally.

Toen zei de Indiaan eindelijk hough en wendde zich tot Clay.

'Jij... medicijn?

En hij wees naar de jonge vrouw. Clay knikte.

De Indiaan legde zijn hand weer op het hoofd van het meisje en liep toen naar de deur.

Clay en Sally volgden hem.

Toen de Indiaan de kamer bereikte, sprak hij de anderen toe, spreidde zijn armen en begon te spreken. Meerdere malen trapte hij met zijn mocassinvoeten tegen de grond. De anderen volgden en gromden. Mac wendde zich tot Clay.

"Ze legt uit dat we haar hebben opgepakt na wat er met een blanke man is gebeurd.

'Wie? vroeg Clay snel. Laat ze het je vertellen. Wie?

"Weet het niet. Hij kende hem niet, maar hij zag het paard en het ijzer. Maar hij heeft enkele woorden gesproken die ik niet ken.

Snel, Mac, vraag het aan de oude man. Zeg hem dat we willen weten wie het heeft gedaan.

'Clay, die dingen zien er niet precies hetzelfde uit tussen hen. Zij is de dochter van de oude man. Je zult het zien...

'Verklaar me nu niet. Vraag hem wie het was.

Mac sprak met de oude man. Hij schudde zijn hoofd.

'Hij wil het niet zeggen. Of weet het niet. Er is geen manier, Clay.

Hij luisterde even naar de oude man.

"Maar hij zegt dank aan ons.

De oude man deed twee stappen in de richting van Clay en legde een hand op zijn schouder.

'Jij... medicijnheks. Ik vriend.

'Jij bent zijn vriend, Clay.

"Voor de liefde van God gaan we stoppen met komedies. Wie was degene die het deed?

'Je bent er koppig in,' zei Sally plotseling. 'Mac, vraag hem of hij jong, donker, blond was... Sally, hoe is die vent, Amazee's zoon?

"Blond.

Kom op, Mac.

De Indiaan schudde zijn hoofd. Zei iets.

Mac knikte.

"Geel haar", zei hij.

"Er zijn meer blondines in het Amazee-team", zei Sally.

'Het is sowieso een aanwijzing.

De Indiaan stak twee vingers in de lucht terwijl hij sprak. 'Hij zegt, verduidelijkte Mac,' dat ze over twee dagen terugkomen om het meisje op te halen. Als ik beter ben En ze zullen het wegnemen.

"Niets meer?

"Niet.

De Indianen waren naar de deur gegaan en de oude man deed open. Hij draaide zich om en zwaaide met zijn hand. Toen verdwenen ze.

"Oef", zei Sally. Ik ben banger geweest dan in mijn hele leven. En hoe die wilde rook.

"Mac, wat bedoelde je in godsnaam met te zeggen dat ze de zaak vanuit een ander gezichtspunt zagen?

'Dat, Clay. Voor hen is het niet hetzelfde. Maar ze willen wraak omdat... Het is iets ingewikkelds.

'Hoe het ook zij, feit is dat ze weg zijn', zei Sally. En ik zou ze niet opnieuw willen zien verschijnen alsof ze onder de grond vandaan kwamen.

Hij haalde een fles whisky tevoorschijn en vulde drie glazen.

"Ik denk dat we het verdienden.

Dronken. De kleuren keerden terug naar zijn gezicht.

'Ze hadden haar moeten pakken.

"Kan zijn.

Clay dronk zwaar. Het glas was weer gevuld. Hij hield het tegen het licht en leegde het.

"Misschien wel.

Hij wendde zich tot Mac.

'Mac, luister, ik ga morgen met die vent praten. Of met zijn vader. Je kunt komen als je wilt.

Ben je gek? vroeg Sally, terwijl ze het glas op tafel sloeg. Heb je niet begrepen wat we eerder hebben uitgelegd?

"Alles. Ik ben niet dom. Maar ik ga je ook één ding vertellen: ik ga de zaak niet zo laten, begrepen?

'Gek. Je bent helemaal gek. En vanaf nu zeg ik je dat ik daar niet op in wil gaan.

"Niemand heeft erom gevraagd. Zorg gewoon voor het meisje. Oké, Mac!

'Clay, ik ga met je mee.

Hij fronste rood.

'Ik vind het niet leuk, maar ik laat je niet alleen. Misschien luister je naar redenen als ik bij je ben.

'Ben je bang, Mac?

"Nee, Clay. Ik heb het niet. En ik heb je al verteld dat we samen waren. Ik ben niet van gedachten veranderd. Degene die dat heeft gedaan is een verdomde schurk. Maar Amazee heeft veel macht. En hij zal het gebruiken. Daar kun je zeker van zijn.

"Bedankt, Mac.

"Neem nog een drankje" zei Sally. En hopelijk is het niet een van de laatste die drinkt.

"We zullen proberen het niet te doen.

'Een indiaan is geen blanke, en Tob heeft veel gedaan... met wit.

"Een vrouw is een vrouw, hier en elders. En ik geef niet om de kleur van haar haar of haar huid.

"Nou, de wereld is vol gekken.

Hij sloot zijn ogen.

'Ik ga slapen, maar eerst zal ik tegen de pioenen zeggen dat ze de deuren goed op slot moeten doen. Die Indianen zullen in de buurt zijn.

'Nee, Sally. Ze zijn op zoek naar een man met blond haar en ze weten iets over hem.

"Wat, Mac?

'Dat hij een zonkleurige sjaal om zijn nek droeg. Geel, Clay. De Indiaan heeft het hem verteld.

Clay balde zijn vuisten.

"God, ik zou er alles voor over hebben om zonder tussenpersonen met haar te kunnen praten. Alles, Mac. Iedereen. Sally stond al voor de deur.

"Ik hoop dat niemand me uit de lucht schiet. Ik ga de pioenen waarschuwen.

'Ik ga met je mee,' zei Clay.

'Nou, bedankt, man. Ik zou graag willen dat iemand met net zoveel toewijding voor me zorgt als je met dat meisje laat zien. Ga.

HOOFDSTUK IV

De hoofdstraat van Last leek dood in de zon. Slechts een paar mannen, die in de deuropening van General Story stonden en met gedempte stemmen praatten.

Clay en Mac bleven voor hen staan. De middagzon zakte meedogenloos over de straat. Je kon ergens een gitaar horen.

'Mac Mannister', zei een van hen, terwijl hij de rand van zijn hoed optilde. Weer terug, oude hooligan?

"Opnieuw.

"Van je kleren zou je zeggen dat je geen goud hebt gevonden. Niet veel, tenminste.

'Waar is de sheriff? Vroeg Mac.

'Daar, zoals altijd. Heb je op het politiebureau gekeken?

"Ja. Niemand.

De man haalde zijn schouders op.

'Kom binnen en drink wat. Wie is je vriend, Mac?

'Een vriend. We zullen later drinken.

Clay had zijn paard de sporen gegeven. Mac voegde zich bij hem.

'Waar is de boerderij, Mac?

'Vijf mijl naar het zuiden. Luister, Clay, gaan we daar naar binnen, zeker?

'We gaan. Ik ben op zoek naar een baan. En jij ook, Mac.

'Niemand zal het geloven, Clay.

"Het is mogelijk. Maar laten we het zoeken... daar.

Toen ze de stad verlieten, naderde een groep ruiters in de tegenovergestelde richting. Het waren er vijf of zes en ze reden in een lange draf. Ze passeerden haar zonder te stoppen.

'Heb je die vooraan gezien, Clay?

"Ja.

'Nou, ik heb het mis of dat is Tob Amazee.

Clay keerde terug.

"Nu al.

Hij sprak niet meer totdat ze de afslag in de weg bereikten. Een rood geverfde paal met daarop een bucranium, waaraan een bord hing, markeerde de grens van de ranch. Het bord had een kruis gemonteerd in een cirkel. En eronder stond Amazee Ranch.

De weg slingerde zich door de wei. Honderden koeien en stieren bewogen zich vredig, grazend. Even verderop dreef een groep cowboys te paard een punt vee in het nauw. Toen ze de twee metgezellen zagen, onderscheidde een van hen zich van de groep en galoppeerde over het hoge gras.

Mac stopte.

De cowboy kwam naar hen toe en trok aan de teugels.

"Ja?" vraag ik.

"Ja" antwoordde Mac. We zijn op zoek naar de meester.

'Het is in huis. Dus dat?

"We zijn op zoek naar werk.

De cowboy hief de rand van zijn hoed op en glimlachte.

'Ik denk dat jullie het mis hebben. Er is geen werk op de boerderij.

'Ben jij de voorman? vroeg Clay.

'De assistent van de voorman.

'In dat geval, als je het niet erg vindt, praten we met de meester.

'Doe het als hij dat wil. Alles vooruit.

Het huis was wit geschilderd en had rode Spaanse tegels. Het bestond uit verschillende gebouwen en tussen al die gebouwen vormden ze een soort vierkant dat aan één kant open was. In het midden van de ruimte tussen de gebouwen was er nog een paal die de paal herhaalde die ze bij de ingang van de weg zagen.

Midden op de binnenplaats wachtten twee mannen te voet. Mac stopte het paard naast hen.

"Goedemorgen" zei hij. Meester?

De man wees met zijn duim naar het huis.

'Daarbinnen. Maar eerst moeten ze me vertellen wat ze willen. Het is druk.

"We willen werk.

'Dat is er niet. Het is geen tijd.

Zijn toon leek de discussie af te sluiten.

Clay boog zich over de nek van zijn paard.

'We willen meneer Amazee spreken.

'Als het alleen voor werk was, heeft het geen zin, zeg ik tegen ze. Ze kunnen draaien.

'We willen' Clay's stem was beledigend geduldig, 'om met meneer Amazee te praten.

De man keek ernaar en sloot zijn ogen tot ze twee spleetjes werden.

"Ja? Nou, probeer het eens. Ga je gang, jongens.

Clay lanceerde zijn paard naar het huis en hield hem tegen op de veranda. Een man gewapend met een geweer, zittend in een stoel, keek naar hen. De punt van het wapen was als per ongeluk op de dokter gericht.

"Ja?

'We willen meneer Amazee spreken.

"Hij ontvangt niemand. Je ontvangt gewoon niet.

Clay blies langzaam de lucht uit.

Toen verhief hij plotseling zijn stem.

"Meneer Amaze!

De man met het geweer kwam overeind.

"Waar denkt hij dat hij is? "Vraag ik". In het midden van het blok waar kwam het vandaan? Ga hier meteen weg!

Clay steeg af. Het geweer was nog steeds op hem gericht.

'Heb je me niet gehoord?

Clay deed twee stappen in de richting van de verandatrap.

"Nu heeft...

De deur ging open. Een lange gestalte verscheen in de deuropening.

'Wat zijn er hier in vredesnaam aan de hand! Verdomme, klootzakken, wat is er?

De man met het geweer draaide zich om.

'Deze jongens willen met u praten, meneer.

"Die? Wie zijn dat?

De zojuist verschenen man had ijzergrijs haar, een rood gezicht, brede schouders en een naar voren gerichte buik. Hij gaf een buitengewone indruk van kracht, maar vooral van energie.

'Wat wil je? Laten we praten.

Clay stond op de trap.

'Meneer Amazee?' vraag ik.

De vraag was volkomen nutteloos, maar hij stelde hem in de wetenschap dat hij er wat tijd mee zou winnen.

'Sil! Maar dat maakt voor jou niet uit. Wie ben jij?

"Ik ben op zoek naar werk.

'Geen werk. Hebben die nutteloze je dat niet verteld?

'Ja, maar ik wilde iets van je horen.

De ogen van het patroon waren donkergrijs. Ze keken ook naar Clay van onder dikke grijze wenkbrauwen.

"Oh ja? Nou, sla nu rechtsaf waar je vandaan kwam en, met duizend paar geïncarneerde hellen, doe geen moeite meer!

Clay's stem was bijna beledigend kalm in tegenstelling tot de donder van die dreunende stem.

'Luister, meneer Amazee, bent u de laatste tijd bij een dokter geweest?

'Een dokter? Wat bedoel je in godsnaam? Ga hier nu weg.

'Voel je je de laatste tijd niet duizelig? Geen piep in de oren?

'Je bent gek. Buck, gooi ze er nu uit.

De man met het geweer hief deze op.

"Hier weg. Ik ga tot twee tellen en dan...

"Wacht, verdomme! Wat bedoelde je met duizeligheid?

'Heb je ze gevoeld?

"In mijn leven, maar wat bedoelde je?

'Niets in dat geval. Als dat niet het geval is, hoeft u zich geen zorgen te maken. Als u ze heeft gevoeld, heeft u het dan aan een arts verteld?

Hij draaide zich om en liep naar Mac, die nog steeds te paard zat.

Kom op, Mac.

Hij ging naar de zijne.

"Blijf daar staan!

Het was iets heel dichts bij een whiplash geweest. Clay draaide zich om.

'Ja, meneer Amaze?

"Kom hier.

'Je zei dat je eruit moest. En ze ondersteunen hem met een geweer. Wij gaan weg.

'Je gaat niet weg. Buck, zorg ervoor dat ze niet weggaan.

'Jullie hebben de baas gehoord, jongens.

Stilte viel over het terras, gedrenkt door de zon.

"Dhr. Amazee, we zijn niet bereid om tijd te verspillen.

"Hier verspilt de persoon die hem heeft gestuurd zijn tijd en degene die hem heeft gestuurd om het op die manier te doen, werkt. Kom hier.

'Je hebt het gehoord, jongen.

Clay steeg af en bereikte de veranda.

"Het gebeurt hier. Buck, blijf bij de deur en laat die niet gaan.

"Gehoord, meneer.

Amazee draaide zich om en liep de ranch in. Clay draaide zich om.

"Mijn partner gaat met me mee.

'Je...? Het is oké. Kom.

Mac gedemonteerd. Hij kwam achter hen binnen.

Er was een enorme kamer, versierd met allerlei soorten trofeeën, van de immense kop van een langhoornige stier tot de huid van een beer met zijn enorme mond open om zijn gele tanden te laten zien.

Op de muren, witgekalkt, de torso's van antilopen, lynxen, wolven en twee poema's, afgewisseld met jachtgeweren van alle merken, kalibers en leeftijden.

'Eens kijken, jongens, er is hier iets dat ik niet begrijp en ik begrijp dingen graag. Ik kan er niet tegen. Of ik begrijp ze of...

Hij liet het alternatief in de lucht hangen. Hij liep naar het mahoniehouten bureau dat was ingelegd met ebbenhout, pakte een geslepen kristallen fles en twee glazen.

"Een drankje?

"Ja meneer.

De oude man bediende hem en zette een andere voor hem neer.

"Mijn partner drinkt ook.

'Help jezelf. En nu ga je me vertellen wat je in godsnaam met dat ding bedoelde.

"Heb je ze gevoeld, ja of nee?

De oude man dronk voordat hij antwoordde. Hij veegde zijn snor af.

'Een paar keer. Klein ding, hel. Niets om je zorgen over te maken. En ik heb het aan niemand verteld. Hoe wist je dat in godsnaam?

Clay wierp een zijdelingse blik op Mac. Mac stapte naar voren. Ik had het begrepen.

'Mijn partner is een dokter, meneer Amazee.

"Dokter? Uw?

"Me.

'Waarom heb je het niet eerder gezegd? Wie heeft je gestuurd?

'Niemand. Ikzelf. Ik vertelde hem dat ik op zoek was naar een baan.

"Als een dokter?

"Als een pion.

'Een dokter? Je liegt. Maar nu ga je me vertellen wie je heeft verteld dat ik...

"Niemand, herhaal ik.

Clay richtte zich op. Toen stak hij zijn hand uit. De oude man reikte naar de parelmoeren kont van zijn Colt, die hij bungelend over zijn dikke dijen droeg.

'Hou vast, verdomme!

"Ik staarde naar mijn hand.

"Dat ik...?

"Kijk naar haar.

Amaze gehoorzaamde.

"Zie je het stabiel?

"Ik doe.

'Je ziet haar trillen. Hij ziet het niet stabiel. En toch, raak het aan en je zult zien dat het zo stevig is als een rots.

"Ja, wat dan?

Zijn stem klonk iets minder zelfverzekerd dan voorheen.

"Je bent gewoon ziek.

"Ik? Zeg geen domme dingen! In mijn leven heb ik me beter gevoeld!

"En die duizeligheid, zie je geen vliegen voor je ogen? 's Nachts is hij moe. Zijn oren suizen.

LA vond een stoel en ging zitten.

"En dit alles, wat betekent het? Laten we aannemen dat die dingen gebeuren, verdorie, maar wat betekenen ze?

'Heb je nog nooit een dokter gezien?

"Ja natuurlijk. Aan Dr. Ball. Hij komt van tijd tot tijd naar Last en haalt de kiezen eruit en zet bloedzuigers. Ik liet hem hier komen en hij vertelde me dat het was... hoe was het? Dat het het beeld was van de gezond mens.

Clay staarde hem aan. Glimlachte.

"Is een dokter?

'Nou... zo noemt hij zichzelf. En nu jij, luister naar me, doc. Is er iets mis?

'Neem contact op met dr. Ball.

Hij pauzeerde.

"Ik ben hier gekomen om werk te zoeken. Pion. Heeft het?

LA schommelde heen en weer in haar stoel.

'Ik heb werk voor je.

"Wij zijn twee.

"Ik heb werk voor ons allebei. Maar nu ga je me vertellen welke flitsen er met me gebeuren.

Nu, meneer Amaze?

Hij deed twee stappen naar de tafel, pakte de fles en schonk een nieuw glas in.

'Neem me in dienst, dan praten we.

LA stond heftig op.

"Waarom wil je als arbeider werken? Dat doet een dokter niet!

Laten we zeggen dat ik het leuker vind.

'Laten we zeggen dat je een leugenaar bent en dat je hier bent gekomen met een doel dat ik nu niet weet, maar dat ik snel zal ontdekken.

'Laten we het zeggen en... proberen. Kan me niks schelen. Er zijn andere boerderijen waar werk te vinden is.

'Noem mij er een.

LA's buik ging op en neer. Hij lachte.

'Ranches zijn als zakdoeken die ik stil laat staan omdat ze me niet eens de schaduw maken die een mier van me zou maken. Bedelaars die de kruimels van gras verzamelen die ik ze achterlaat. Kom op, doe het. Zoek er werk in.

"Zoek gezondheid elders.

LA stond op.

"Wat heb je gezegd?

'Ga die bal zoeken.

Hij stak zijn hand in zijn vestzak en haalde er een stuk papier uit. Het was in acht vouwen gevouwen en op een zijden doek geplakt.

'Kijk eens, Amazee.

"De" meneer "was opzij gelegd. De ogen van de oude man vernauwden zich. Maar hij pakte het papier en vouwde het open.

"Dokter in de geneeskunde. Ik begrijp nog steeds niet wat voor veroordeling een arts hier doet, zonder daar de zieken te zien, om werk als arbeider te vragen.

"Dat is mijn rekening.

De oude man kneep zijn ogen tot spleetjes. Een ogenblik sprak hij niet.

"Je bent aangenomen" zei hij plotseling.

"Wij zijn twee.

'Wij allebei, verdomme. Ze zijn ingehuurd. bok!

Buck verscheen in de deuropening, het geweer in de hand.

"Deze twee mannen zijn ingehuurd. Geef ze een plekje in de slaapkamer. Ze zullen willen eten. We doen het in een half uur.

'Het is in orde. Meld je bij de voorman. Buck, breng ze naar hem toe.

De twee mannen liepen naar de deur. Ze zaten er al in toen de oude man hem weer riep.

'Je hebt het gewild. Hij zal werken als een pion.

"Van nature.

"En hier werken mensen hard. Daar zorg ik voor.

'Doet het goed. De ranch is van jou.

Ze vertrokken. Buck keek hen vreemd aan.

'Wat heb je in godsnaam tegen de baas gezegd om hem ertoe te brengen jou in dienst te nemen? Je hebt geen mensen nodig.

'Waarom vraag je het hem niet?' stelde Clay behulpzaam voor.

"Ik zou het doen als ik wanhopig op zoek was naar het leven.

Ze hadden een van de bijgebouwen bereikt. Een man was een paard aan het onderzoeken in de smederij.

"Dhr. Lane, de baas heeft deze twee mannen ingehuurd.

Lane antwoordde niet. Hij bekeek het paard nog steeds, dat op zijn been leunde. De smid keek naar het tafereel en rookte een sigaret.

Er gingen bijna vijf minuten voorbij. Uiteindelijk richtte Lane zich op.

"Het lijkt al goed te gaan. Maar nogmaals, maak geen krassen op de romp.

"Nee meneer.

En toen wendde Lane zich tot hen.

'Dus hij heeft je aangenomen, toch?

'Ja,' zei Clay.

Zeg 'ja, meneer.'

"Hij heeft ons ingehuurd.

Zeg 'ja, meneer.'

Lane was lang, met heel blond haar en dicht op elkaar staande ogen, de kleur van vuil water. Hij droeg een rood en geel geruit overhemd en kinnebakspek op zijn benen.

"Wat gebeurt er met u? Kunt u geen "ja meneer" zeggen?

"Niet.

Mac kende Clay al. Ze zag zijn kaken stevig op elkaar geklemd en de aderen in zijn nek staken af tegen de gebruinde huid.

En hij begreep dat de moeilijkheden begonnen waren.

"Niet?

"Niet.

Lanes vuist schoot naar voren, op zoek naar Clays kaak. Hij deed een stap achteruit en de vuist ging ongevaarlijk langs zijn gezicht.

Lane's lichaam leunde naar voren, arm gestrekt.

Toen stak Clay zijn linkervuist in haar rechterkant, net boven haar lever.

De klap was precies; die van iemand die weet waar hij moet geven, en hard geeft. Lane hapte naar adem en viel op de grond terwijl hij zijn zij met beide handen vasthield.

De smid nam de hamer en ging op hen af.

Mac haalde de revolver tevoorschijn.

"Vrij veld", zei hij.

'Verdomme,' zei Lane hijgend.

'Je bent eerst begonnen. Niet ik.

Lane begon op te staan.

'Je hebt een revolver aan je riem. Gooi het er uit.

"Denk er niet aan. Ik ben hier niet gekomen om iemand te vermoorden. Maar jij begon het gevecht.

Een groep mannen naderde, bijna rennend.

Lane legde zijn hand op zijn holster.

'Als je een man neerschiet die niet antwoordt, kom je er niet levend uit,' zei Mac lui. Denk er gewoon niet aan.

"Niemand komt me hier slaan", zei Lane met een moorddadige blik.

'Hou je mond, varken! zei Clay streng. Je begon. Wie denkt hij wel dat hij is? Meester?

De mannen waren gearriveerd. Ze waren even besluiteloos. En Lane nam een besluit.

'Neem die jongens en stop ze hier. En dan sluit je de deur.

HOOFDSTUK V

Clay besefte wat er ging gebeuren. Opgesloten in de smederij zouden ze in Lanes handen zijn. En het was niet erg moeilijk om te raden wat hij probeerde te doen.

"De eerste die zijn hand op mij legt, krijgt een kans", zei hij. En hij pakte het pistool. Mac stond naast hem, schouder aan schouder, en ze keken naar de groep.

Lane, licht voorovergebogen, met het geweer in de hand, staarde hen aan. De groep mannen ging in een kring open. En daarboven zonk de zon gloeiend over de ranch.

'Lane', zei een van de mannen, 'die twee mannen waren bij Sally om vragen te stellen. We hebben ze daar gezien.

"Oh ja? Wat voor vragen?

'Over een vee-ijzer.

Lane fronste zijn wenkbrauwen.

'Houd ze bedekt, jongens. Laten we eens kijken welke veroordeling die van de ijzers is.

Maar de situatie was muf. De twee metgezellen bedekten ook het veld.

'Luister, Lane, ik wil niet vechten. Maar als een van jullie ons probeert te pakken te krijgen, zal er gevochten worden.

'Dat zal wel gebeuren,' beaamde Lane. En de enige manier om het te vermijden is door naar de smederij te gaan zodat we kunnen praten.

'Niet dood,' antwoordde Clay. En nu, Lane, maak plaats, want we gaan hier weg.

"Ja? Nou, laten we eens kijken dat ...

"De baas komt eraan", zei een van de mannen met gedempte stem.

Laan draaide zich om. Lot Amazee liep met zware stappen naar de smederij. Voordat hij vijftien meter bereikte, begon hij te spreken.

"Lane, verdomme! Wat is daar in godsnaam aan de hand?

Lane legde het pistool weg.

'Niets, meneer Amaze. Niets dat ik niet kan oplossen.

'Echt waar? En... mag ik weten wat je moet repareren met een revolver in de hand?

Plotseling bereikte zijn stem een bijna donderende graad.

"Weg met al die verdomde wapens! Nu meteen!

Al zijn medewerkers borgen haastig hun revolvers op. Noch Clay, noch Mac deden dat. De blik van de oude man wendde zich tot hen.

"Heb je het niet gehoord?

'Ja,' zei Clay. 'We hebben het gehoord.

"Waarom dan in godsnaam...?

Vraag het aan Laan. Hij begon het allemaal.

"Rijbaan?

De voorman bewoog zijn kaken.

"Die man was brutaal tegen mij. En ik kan niet tegen een pion die dat wel doet.

"Heb je dat gedaan?

Klei glimlachte.

'Hij wilde dat ik hem dezelfde behandeling zou geven als jij.

Lane bloosde.

'Je liegt, klootzak.

'Dan zullen we de deugden van onze moeders bespreken... alleen. Meneer Amazee, Lane wilde dat ik u meneer zou bellen elke keer als ik hem sprak. Blijkbaar was hij geïrriteerd dat je me zonder hem inhuurde.

LA wendde zich tot haar voorman.

'Lane, we praten later, jij en ik. Ik heb deze man aangenomen en het is voorbij. Hier geef ik opdrachten. En als je ze niet leuk vindt, weet je al wat je kunt doen. En nu ... met duizend paar duivels in bed, genoeg!

"Een moment.

LA wendde zich tot Clay.

'Heb je me niet gehoord?

"Ja. Maar de zaak is nog niet voorbij. Je hebt me aangenomen, maar je hebt me niet gekocht. Ik ben vrij om weg te lopen als ik het werk niet leuk vind... of de mannen. Is het goed begrepen?

Amazee's gezicht werd paars.

"Wel verdomme...? Weet je niet dat als ik dat zou willen, je in geen enkele... zou werken?

Zijn stem stierf weg. Als een boek kon Clay haar gedachten lezen. Hij had gevraagd om als pion te werken, maar... hij was geen pion. En de oude man realiseerde zich midden in zijn explosie.

"Hier weg!" Zei hij.

'Met plezier. Kom op, Mac.

Ik begin te lopen. Achter zich hoorde hij het piepen van de oude man.

Ze bereikten hun paarden. Clay zette zijn voet op de stijgbeugel en toen was er weer dat gerommel, als donder in de bergen.

"Wacht!

Ik hoop.

De oude man naderde hem.

"Mensen gaan hier niet weg. Ik mis het.

"Ik beschouw mezelf als ontslagen. Je zei "uit" tegen mij.

'En nu zeg ik hem dat hij moet blijven.

Clay staarde hem aan en deed zijn best om niet de vreugde op zijn gezicht te zien dat hij de ronde had gewonnen.

"Met een voorwaarde.

Hij voelde de blik van Mac en de anderen op hem gericht.

"Voorwaarden... voor mij?

'Het spijt me. Ja.

"En ..." klonk de stem van de oude man met een ingehouden woede ", wat is die toestand?

'Ik zou bevelen van jou aannemen, niet van die vent.

"Het kan me geen moer schelen van wie je je bestellingen aanneemt...

"Niet ik.

'Maar je blijft. Kom met mij mee.

'Wacht op me, Mac. En onthoud, je bent bij mij. Laat ze hun voet niet in je keel steken terwijl ik bij Mr. Amazee ben.

'Lane! Raak die man niet aan, begrijp je me?

'Ja, meneer Amazee.

Ze gingen het huis binnen. De frisheid van het interieur verwelkomde hen.

"Ik heb geluisterd. "LA had zich tot Clay gewend." Mijn ranch wordt door mij gerund. Als ik hem heb gehuurd...

'Nou, laten we dat gewoon laten vallen,' antwoordde Clay. Heb je een sigaar?

Amazee ging naar zijn tafel, haalde een doos tevoorschijn en gaf hem een handvol.

'Onderbreek me niet als ik spreek.

"Ik wil niet praten over dingen die al gezegd zijn. Jij runt de ranch, je geeft bevelen en de anderen gehoorzamen. Dat lijkt me prima. Maar niemand beveelt me, noch geeft iemand me bevelen, als ik dat niet wil.

'Je hebt om een baan gevraagd!

"Ik ben Amerikaan, blank en vrij om mij in te huren. En als ik niet ergens wil blijven, kan niemand me daartoe dwingen.

"Ik huur hem in als dokter. Ik geef je honderd dollar per maand. Maar je moet me in perfecte staat achterlaten. Ik moet over twee maanden 10.000 stuks vee naar het noorden sturen.

"Je hebt een zoon.

'Hij kan niet... Wat bedoel je in godsnaam? Ik ben geen invalide.

'Natuurlijk. Maar je kunt invalide worden als je geen dokter hebt die over je waakt.

'Verdorie, dat is wat ik met je aan ga!

Clay keek hem met een geconcentreerde blik aan.

"Nou, wat vertel je me?

"Ik zeg ja. Met een voorwaarde.

'Jij en je verdomde toestanden! Kom op, zeg het nu. Ik neem aan dat u alleen orders van mij persoonlijk zult aannemen.

'Nee meneer. Ik neem van niemand bevelen aan. U krijgt ze van mij... wat uw gezondheid betreft natuurlijk.

LA keek naar hem van onder haar borstelige wenkbrauwen,

"Ik hoop niets anders. Ik denk niet dat je de ranch wilt runnen, of wel?

Klei glimlachte.

"Niet.

Maar zijn glimlach had zijn ogen niet bereikt. Zijn lippen vielen plotseling dicht.

'Ja of nee, meneer Amazee?

"Met een duivel gaan we het proberen. Maar pas op. En wind Lane niet te veel op. Hij is een stoere vent.

"Ik ook… op mijn eigen manier. Ik heb het hem al bewezen. Zeg hem dat hij voor de ranch moet zorgen en niet mij.

De oude man lachte plotseling.

'Je zult het niet leuk vinden, maar ik zal het je vertellen. En nu, neem die duizeligheid weg.

'De manier waarop ik het ga doen, zul je ook niet leuk vinden.

"Ik heb geluisterd. Bijna de hele regio is van mij. Ik heb het verdiend met mijn inspanningen. Maar ik heb een andere rol. En ik heb de overheidscontracten om vee te leveren aan de legerslachthuizen en de burgerslachthuizen van Chicago. Ik moet ze vervullen Ik wil niet twee dagen in bed liggen met hoofdpijn.

'Je hebt een zoon. Hij kan bepaalde banen aan, toch?

"Hij zal doen wat hij kan. Maar ik doe de dingen liever zelf.

"Waar is uw zoon?

Een blik van argwaan verscheen in de ogen van de boer.

'Waarom wil je dat weten? Wil je met hem praten… over mij?

"Nee meneer.

'Omdat ik de ober niet bang wil maken. Ze hebben me altijd op mijn post gezien. Ik wil niet dat ze gaan denken dat ik oud word.

"Nee meneer.

'Nou, in dat geval… laten we eens kijken of we kunnen gaan lopen.

'Zet dat glas neer.

"De whisky? Het is goed. Het is de slechte whisky die me pijn doet.

"Iedereen heeft op den duur pijn. Laat het.

De oude man zette het glas met geweld op tafel.

"Oke oke! Het is al vertrokken. En nu...

'Je gaat nu mijn instructies opvolgen.

* * *

De groep ruiters kwam bij zonsondergang de ranch binnen. Aan het hoofd de jonge blondine. In de war, met bezwete kleren, ging hij het gebouw binnen, rammelend met zijn sporen en klappend met zijn zweep.

'Laten we dat diner eens zien! Hallo vader.

Toen merkte hij dat hij Clay in de ogen keek.

"Wie is dit? Een vriend?

"Een dokter.

'Een dokter? En waarom heb je een moordenaar nodig? Voel je je ziek, vader?

'Je zult je beter voelen als je mijn advies opvolgt.

"Nu al.

Hij schonk zichzelf een glas whisky in en dronk het in één teug leeg. Hij klakte met zijn tong.

"Eens kijken, uitleggen.

Hij ging recht op Clay af. Hij glimlachte niet eens.

"Er valt niets uit te leggen. Haar vader en ik hebben elkaar al gesproken.

"Mijn zoon Tob" zei Amazee. Het is een puppy van een goed ras. Soms wat gewelddadig, maar de graslanden brengen geen vreedzame mannen voort.

Hij legde een hand op Tobs schouder.

"Juist, jongen?

'Oké, man. Maar wat is hier in godsnaam aan de hand? Je hebt nog nooit een matasanos nodig gehad.

'Nu heeft hij ziekengenezers nodig,' zei Clay staalhard. De ander merkte haar toon op en wendde zich langzaam tot de dokter.

"Ja? Wat gebeurt er met hem?

'Luister, Tob. Iedereen bereikt een leeftijd... Clay realiseerde zich dat de oude man zijn eigen woorden aan het citeren was. Hij glimlachte niet. Dat was een goed teken.

"... Het is dat hij bepaalde gewoonten moet laten varen. Eet veel. Veel drinken... Nou, dat allemaal. Beetje bij beetje natuurlijk, maar je moet wel voor jezelf zorgen.

"Onnozele dingen!

Het was een soort whiplash geweest. Hij wendde zich tot Clay.

'Wat heb je gedaan? Angst in zijn lichaam zaaien? 'Niet.

"Dan...?

"Hou je mond.

"Niemand heeft me het zwijgen opgelegd. En als er iets met mijn vader gebeurt, zeg het dan, maar no nonsens.

'Wie moet ik het vertellen. Aan jou?

"Ja.

"Niet.

'Vader, zet hem op zijn plaats.

'Daar, zoon. Op de plek waar ik hem wilde hebben.

"Onnozele dingen!

Hij raakte zijn laars met de rijzweep.

"Nou, we praten morgen. Ik heb hard gereden. Morgen.

"Waar ben je geweest?

'Nou... daar. In het noorden van Pradera Grande. Er lag een karkas in de fontein. Het zou het water hebben vergiftigd. "Hij ging naar de deur". Morgen praten we, matasanos.

Clay knikte. De jongen ging naar buiten. Clay liep naar het raam. In het schemerlicht zag hij buiten de veranda iemand naar hem toe komen. Hij herkende de brede schouders van de voorman.

'Het eetsignaal gaat af,' zei Amazee. Je zult het met mij doen.

Was hij bang geweest? Clay zag het flikkerende licht in de blik van de boer.

"Graag gedaan.

De Chinese kok serveerde het diner. Toen Tob zag wat zijn vader op zijn bord zette, trok hij een wenkbrauw op.

'Alleen dat? Vader, een man heeft voedsel nodig.

"Zwijg, met een duivel. Ik zal eten wat ik wil.

De ogen van de jongen gingen naar Clay.

'Is dat je medicijn, matasanos?

"Een van hen.

'Vader, laat deze man je niet vertellen wat je moet doen. Kom op, je bent nog nooit zo diep gevallen om te horen...

"Hou je mond!

De lippen van de jongeman waren samengeknepen tot één enkele lijn.

'Jij en ik gaan hier nog even over praten, matasanos.

'Met plezier, Amaze. Maar ik ga je voor één ding waarschuwen. Ik word niet graag matasanos genoemd.

"Nee, matasano's?

'Nee, en ik raad je aan het niet nog een keer te doen.

'We zullen zien, matasanos. Hoewel ik betwijfel of het zelfs dat is.

Clays ogen vernauwden zich.

"Trouwens, ik ben. De laatste keer dat ik de kans heb gehad om het te bewijzen was met een Indiaas meisje.

'De Indianen hebben geen dokters nodig. Ze hebben hun heksen "zei LA

'Deze, nee. Iemand had haar verkracht op een bergweg.

Zijn ogen verlieten die van de jonge Amazee nooit. Zijn gezicht zag er leeg uit, maar hij staarde haar aan.

"Oh ja? En wat is er met haar gebeurd?

"Het was heel erg. Ik zorgde voor haar.

'Heb je zoveel moeite gedaan voor een Indiase vrouw?

"Ja.

De lettergreep was gebarsten als een zweep.

'En ik zou graag willen weten wie de klootzak was die het gedaan heeft. En niet door mezelf. De Indianen zijn ook op zoek naar het varken dat het meisje heeft verkracht.

'Nou, laat ze maar tussen hen zoeken. Ze weten allemaal wanneer het over die dingen gaat.

"Hij was een blanke man, geen rode man.

"Hoe weet je dat?

'Ik weet het, dat is het.

'Zo veel ophef over een Indiase vrouw? Als ik zeg dat je een matasanos bent...

Clay kwam langzaam overeind en duwde zijn servet opzij.

Zeg dat nog eens, Amaze.

"Zwijg! "LA explodeerde." Jij, ga terug naar je eten. En jij, Tob, hou je mond. Houd je tong in je mond of ik laat je het doorslikken.

'Ik doe het zelf wel,' zei Clay.

"Ga zitten!

Clay gehoorzaamde niet. Hij ging naar de jongen toe en bracht zijn gezicht heel dicht bij dat van de ander.

"Herhaal dat.

"Kwakzalvers.

"Wees stil!

Clay's vuist sloeg tegen Tob Amazee's kaak en hij trok hem terug. De jonge man viel op de grond, zijn ogen rolden. De klap was gegeven door iemand die de anatomie goed kende.

"Varken! Hoe durf je mijn zoon te slaan?

"Hij heeft me beledigd.

Amazee kwam op hem af.

'Je weet niet wat je hebt gedaan. Ik ga de huid in reepjes verwijderen.

Clay reikte naar de revolver.

'Laten we ophouden met die onzin. Niemand gaat mij beledigen en niemand gaat mijn huid strippen.

"Rijbaan!

'Als iemand me durft aan te raken, zal ik ze doden, Amazee.

"Rijbaan!

De voorman opende de deur.

"Meneer?

Zijn ogen speurden de situatie af en namen het onmiddellijk over.

'Lane, trek je revolver niet,' zei Clay zacht. Haal het er niet uit als je het niet wilt gebruiken... tot de dood.

'Ga van mijn boerderij af!

Mac was aan de deur verschenen.

'Conflicten, Clay?

'Conflicten. We zijn hier overgebleven.

De ogen van de oude man waren samengeknepen.

'Lane, ik wil deze jongens hier niet zien.

'Met genoegen, meneer.

'Laat ze gaan, Lane.

Tob Amazee zat rechtop. Zijn rechterhand ging naar de holster.

'Hou je vast, Tob!

"Hij heeft zijn vuile handen op mij gelegd en ik ga...

"Je zult niets doen! Ik verbied het! Deze jongens verlaten mijn ranch nu. Ze zullen door niemand worden aangeraakt.

'We gaan weg,' zei Clay, altijd met het pistool in zijn hand. We gaan weg, en het zou beter voor hen zijn om niet vooruit te komen.

Hij wendde zich tot de oude man.

'Wat jou betreft, ik heb je al gezegd: het zal niet lang duren voordat je de fout ziet die je hebt gemaakt.

Hij ging naar de deur.

'Ga door, Lane.

'Lane, niemand raakt hem aan.

"Nee meneer.

Mac en Clay gingen naar buiten.

"Onze paarden" bestelden de laatste.

'Ze zullen ze zo hebben,' zei Lane onheilspellend. En als we ze hier weer zien, zullen ze geen ongebroken botten hebben.

Clay boog zich naar hem over.

En als ik je ooit weer ergens alleen zie, zul je er spijt van krijgen dat je geboren bent.

"Bastaard.

'Niet zoveel als jij, Lane. En nu de paarden. En God ontferm U over u als u niet fit bent.

De paarden waren. Clay en Mac zorgden er langzaam en voorzichtig voor.

Toen stegen ze op en verlieten de ring van de ranch.

'Wees heel voorzichtig, jongen,' zei Mac. Begrijp je het spel?

'Voldoende. De oude man wilde niet dat ons binnen de ranch iets overkwam. Maar daarbuiten zal het iets anders zijn.

'Nou, waar gaan we heen? Naar de stad?

Clay dacht er even over na.

'Of naar de post, Mac. We moeten toch even langs Last.

Rond elf uur kwamen ze in de stad aan.

'We moeten een slaapplaats vinden,' zei Clay.

"Ik" Mac keek hem nadenkend aan, "ik zou wel een plekje in de wei vinden. Ik hou hier niet van.

"Daar hebben we tijd voor.

Ze kwamen aan bij het hotel. Deze had de salon in het onderste gedeelte. De plaats was vol met mensen, rook en muziekgeluid. De twee metgezellen naderden de toonbank.

De bediende keek hen aan. Toen wierp hij snel een blik op een andere die tegen de toonbank leunde. Clay werd gewaarschuwd.

'Mac' zei hij zacht. Misschien had je gelijk. Misschien moeten we buiten slapen.

"Wat wordt het? Vroeg de barman.

"Whiskey. Heb je kamers?

'Ik heb er een. Met twee bedden.

"We hebben het gehaald.

'Het is drie dollar.

"We nemen het hetzelfde.

"Het is goed. Hier is de sleutel.

Clay draaide zich langzaam om toen Mac de sleutel pakte. De man naar wie de barman had gekeken, maakte zich los van de toonbank en liep lui naar hen toe.

'Pas op, Mac.

De man kwam naar haar toe. Toen haalde hij langzaam iets uit zijn zak en liet het zien.

"Ik ben Hoop, Sheriff van Last", zei hij. En ik groet de vreemdelingen als ze in de stad komen.

'Proef,' zei Clay.

"Ja, trouwens. Leuk en geef me nu de revolvers.

Clay leunde tegen de toonbank.

"Om welke reden moeten we het doen?

"Kijk, jongens. Je geeft ze aan mij en dan bespreken we de zaak, is dat goed?

Hij was in de veertig, lang, met een mosterdkleurige snor. Zijn ogen waren rood omrand.

'Ik vroeg waarom we het moesten doen, Hoop.

"Wilden ze niet?

"Zoiets heb ik niet gezegd. Ik heb de reden gevraagd. Daar zie ik veel mannen die hun revolvers dragen. Ben je van plan om ze allemaal te vragen?

De blik van de sheriff verhardde.

'Niet. Voor jou. En ik word moe. Geef me de artillerie.

Clay sprak langzaam.

"Nee, totdat ik heb geantwoord.

'Niet? Nou, erger voor jou. Kijk omhoog.

Clay keek op naar de galerij die de salon aan drie kanten omringde, er was een man met een gevecht. En het geweer was direct op hen gericht.

'Als ik het bevel geef, zal die man ze levend bakken. Dus jongens, laat je wapens vallen.

"En dan?

'Dan gaan ze met me mee naar het politiebureau.

Clay keek weer op. Het geweer maakte een snelle beweging.

Langzaam liet hij zijn biricu vallen. Mac deed hetzelfde, binnensmonds vloekend.

De sheriff schopte de wapens weg. Pas toen kwam de man in de galerij naar beneden.

"Pak die revolvers op" zei hij terwijl hij hun eigen pistolen op de twee metgezellen richtte. En jij gaat naar de deur. Maar jongens, denk niet eens aan rennen, want dat zou het einde zijn.

'Kom op,' zei Clay.

Hij wist wanneer hij zich niet moest verzetten, en dit was een van die momenten.

HOOFDSTUK VI

De sheriff staarde hen van achter zijn bureau aan. Zijn ogen stonden duidelijk vijandig. Naast de eerste zat nog een commissaris.

'Dus jullie dachten dat je naar een vredige plek kon gaan en begon te dollen, hè?

Clay antwoordde niet.

'Je antwoordt niet, hè? Welnu, hier hebben we manieren om de mond te openen van jongens die er hard voor zijn.

'Waar beschuldigt u ons van, sheriff?

'Ah, maar weet je dat niet? Heel gemakkelijk. Ik ga het je vertellen. Om ruzie te bevorderen op de boerderij van meneer Amazee.

'Heeft meneer Amazee het zelf gezegd?

"Zo is het.

"Hij, persoonlijk?

'Dat doet er weinig toe, nietwaar?

"Kan zijn.

"Nou, ik zeg dat het er niet toe doet. Het is een feit dat je dat hebt gedaan. En dat tolereren we hier niet. Aan de andere kant, jongens, misschien doe ik je een plezier.

"Werkelijk?

'Je kunt het zeggen. De cowboys van meneer Amazee waren naar je op zoek. En zonder goede bedoelingen kan ik je verzekeren. Dus het zit zo. Je blijft een paar dagen in de cel totdat alles duidelijk wordt.

Hij keek naar Clay.

'Ze zeggen dat je een dokter bent.

Clay haalde zijn schouders op.

"Het maakt niet uit.

'Man nee, je bent niet zomaar een vent. Helaas hebben we hier geen oproerbevorderende artsen nodig. Hooky, breng ze naar de cellen.

'Hoe lang bent u van plan ons hier te houden, sheriff?

'Ach, dat is misschien voor later.

Terwijl Hooky naar de binnendeur liep, zei de sheriff plotseling:

'Is wat ik heb gehoord over een Indiase vrouw waar?

'Ik weet niet wat je hebt gehoord.

'Dat je een gewonde Indiase vrouw op de berg hebt gevonden en haar naar Sally's post hebt gebracht.

"Het is waar, maar ze was niet gewond. Ze hadden haar verkracht.

"Nou, dat zeg jij.

"Ja.

En ik geloof het niet. En zelfs als het waar zou zijn, is een indiaan een indiaan. Zeker wat rood deed. Ze zijn er dol op.

Clay draaide zich naar hem om.

"Dat is wat je zou willen geloven, nietwaar?

"Dat is wat ik denk.

Tevreden zette hij zijn voeten op tafel.

'Breng ze naar de cel, jongens.

Clays kaken waren op elkaar geklemd.

'Sheriff, hoeveel betaalt Amazee je om te doen wat hij je zegt te doen?

Sheriff Hoops ogen glinsterden.

Hij kwam langzaam overeind en liep naar Clay toe. Een van zijn commissarissen dreef de loop van het geweer in de rug van de dokter.

Toen sloeg Hoop Clays kaak recht. Het viel achterover.

'Dit is nog maar het begin, jongen. Als je nog een keer zoiets zegt, zijn wij aan de beurt. En je zult er spijt van krijgen dat je geboren bent.

'Sheriff, jij en ik zullen elkaar een keer zien als je niet wordt beschermd door je boeven.

"Willen jullie meer? Jongens, zet hem op de been.

Mac stapte naar voren.

'Waarom vecht je niet alleen, Hoop?

Deze keer was de klap voor hem. De loop van twee geweren waren direct op hem gericht.

'Kom op, sta op, dood ons.

Clay stond op en de sheriff hief zijn arm op.

Een pezige hand greep haar pols en speldde die in de lucht. Toen zonk Clays linkervuist in Hoops lever.

De sheriff sloeg dubbel, zijn mond open en zijn ogen samengeknepen. Een van de marshals stuurde het pistool dat op Mac was gericht af en vuurde. De kogel ging over Clay's gebogen lichaam en de gebeurtenissen begonnen zich te haasten.

Sheriff Hoop was op de grond gevallen. Hij hapte naar adem, hapte naar adem en er kwam een gorgelend geluid uit zijn mond.

Mac had zich plotseling tegen de andere commissaris gekeerd, het geweer bij de loop gepakt en naar zich toe getrokken. De commissaris is verhuisd. Mac hief het geweer op en het vizier raakte de andere, op de wang, onder een oog. Hij kwam een centimeter te kort om het over te slaan.

Degene die had geschoten kon niet herladen. Clay draaide zich om, tilde zijn been op en schopte zijn knie in de onderbuik van de commissaris.

De twee metgezellen keken elkaar aan.

'Sluit de deur,' beval Clay.

Hij pakte een van de geweren en draaide zich om. De rollen waren omgedraaid. De sheriff zat al overeind en vloekte hees:

'Gooi ze tegen de muur, Mac.

Mac had het andere wapen in beslag genomen. Met een vastberaden blik wees hij naar een van de hoeken. De drie mannen gehoorzaamden.

Toen sloot Mac de deur en blokkeerde hem.

"Luister, varken.

Clay keek de sheriff recht aan.

'Dit gaat ze het touw kosten,' zei Hoop.

'Als ik je vermoord, kost het ons niets, klootzak. En dat is wat ik ga doen.

Er verscheen een angstige blik in Hoops ogen.

'Je bent niet serieus.

"Niet?

Hij hief het geweer.

"Sta op. Ik ga schieten.

Het alarm was veranderd in pure terreur.

"Dat kan niet, luister...

"Ik ga schieten. Ik ga het doen, tenzij je me vertelt wie je heeft bevolen ons te stoppen en waarom.

'Het was Lane,' antwoordde de sheriff zonder aarzelen. Maar hij zei dat het in opdracht van meneer Amazee was.

"Waarom?

'Hij zei dat hij wilde dat je in ieder geval een tijdje in de gevangenis zou blijven.

"Waarom?

'Nee, dat zei hij niet.

Clay kneep zijn oogleden dicht.

'Ik denk... Mac.

"Ja?

'Mac, ik denk dat ik weet wat die verdomde moordenaars wilden.

Hij draaide zich met geweld naar de sheriff en stompte hem op zijn mond.

En jij weet het ook.

"Nee, luister, ik wil niet...

Clay's volgende slag sloeg twee van zijn tanden uit. Zijn mond vulde zich met bloed.

'En dan,' zei Clay koeltjes, 'ga ik je armen breken. Spreekt.

Sheriff Hoop raakte zijn mond aan. Zijn woorden kwamen bijna onherkenbaar door het bloed.

"Ik denk dat ze naar de post zouden gaan.

"Waarom?

"Dat zeiden ze niet. Woord dat ze niet zeiden. Alleen zij waren van plan om naar de post te gaan.

'Mac' zei Clay met ingehouden stem. Zet ze in de cellen en bedek hun mond met hun zakdoeken. Bind ze vast. Sterk, zo sterk als je kunt. Gaan. Wat jou betreft, als er iets is gebeurd op de post, zullen we elkaar weer ontmoeten en kun je beginnen na te denken over de gebeden die je kent ... als je die weet, klootzak.

Tien minuten later waren de drie mannen in de cellen vastgebonden en gekneveld. De twee metgezellen openden de deur. De straat was bijna leeg. Slechts twee dronkaards slingerden over het trottoir.

Hun paarden waren vastgebonden aan de bar. Ze reden. 'Kom op,' zei Clay. Rennen, Mac. Ik ben bang.

"Ik ook" antwoordde de Schot met zachte stem, "Ik ook.

Aangespoord begonnen de paarden te galopperen.

* * *

De olielantaarn glinsterde boven de paaldeur. Een eenzame gestalte lag languit op de houten treden.

Ze stegen af en Clay rende naar de man toe. Hij was een van de Mexicaanse pioenen en hij was gewond of dood.

Clay sprong op zijn lichaam en ging de grote zaal binnen, Leeg, maar... in welke staat. De grote omgegooide tafel, de stoelen op de grond en een ketel met voedsel verspreid bij de ingang van de keuken.

"Sally!

Clay had gegild toen hij naar de trap rende.

'Niet bewegen,' zei een stem. Beweeg niet of bij God, ik heb hem vermoord.

"Sally!

Clay was gestopt bij de eerste overloop. Boven aan de trap bewoog een geweer in het besluiteloze licht van een lantaarn die aan de muur hing.

Mac was op zijn beurt binnengekomen. Midden in de kamer bleef hij staan.

"U...

De vrouw daalde een trede af. Het geweer schudde een beetje in zijn handen.

"Sally, wat is er gebeurd?

De vrouw stapte in de lichtkegel van de lantaarn. Zijn blonde haar hing naar beneden en bedekte een deel van zijn gezicht. Maar hij verborg niet de kleine stroom bloed die zijn voorhoofd en een deel van zijn wang bevlekte.

'Jij...' herhaalde hij.

Clay deed de stappen met twee tegelijk, gevolgd door Mac. Hij pakte het geweer op en nam het uit haar handen.

Sally zonk op een van de treden neer en nam haar gezicht in haar handen.

'Ik dacht... dat zij het weer waren.

"Ben je gewond?

"Ik? Ik denk dat het...

Hij raakte met zijn hand zijn voorhoofd aan en keek ernaar.

'Het is niets... denk ik.

Clay pakte de lantaarn en hield hem dicht bij het gezicht van de vrouw. Hij sloot zijn ogen.

Clay onderzocht snel de wond. Gewoon een snee.

"Is er meer dan dit?

'Ik... nee, ik denk het niet, hoewel... ze sloegen me.

Hij opende zijn ogen.

'Die verdomde klootzakken hebben me verslagen.

'Sally, sta op.

"Waarom...?

"Ik wil weten of ze hem nog iets hebben aangedaan.

'Nee, sla me gewoon. Ze sloegen me met een riem op mijn rug.

Clay draaide het om. Haar jurk was gescheurd. Je kon de roodachtige strepen van de slagen zien, kriskras door elkaar.

'Iemand gaat dit betalen,' zei Mac peinzend.

'En... ze hebben de Indiaan meegenomen,' zei ze met dezelfde kleurloze stem.

"Waar?

'Ik weet het niet. Ze hebben het me niet verteld. Alleen hebben ze haar meegenomen.

Hij leunde tegen de reling.

'Gaat er iemand betalen, Mac? Wie laat je ervoor betalen?

"Sally, luister...

"Wie, verdomme? Wie laat je ervoor betalen?

Zijn stem was gestegen tot een piep. Clay sloeg haar twee keer. Ze sperde haar ogen wijd open en plotseling begon ze te huilen.

'Mac, maak je bed op. Ik ga haar meenemen.

Hij nam haar in zijn armen en onder begeleiding van Mac bereikten ze de slaapkamer. Hij liet haar op het bed liggen.

'Sally, kun je me horen?

'Ja natuurlijk. Het spijt me. Hij moest schreeuwen.

'Ik weet het. Maak je geen zorgen. Maar ik wil nu geen hysterie. Sally, wie heeft het gedaan?

"Lane. De voorman van...

'Ik ken hem,' viel Clay droog in de rede. Ik weet wie dat verdomde varken is.

"Het was hij en vier van zijn mannen.

Hij staarde naar Clay.

'Sorry, Clay. Ze kwamen plotseling en sloegen mijn jongens. Toen gingen ze de paal binnen en maakten de paarden bang. Ik weet niet eens of ik ze weer bij elkaar kan krijgen.

Hij tuitte zijn lippen. Clay was de wond op zijn voorhoofd aan het schoonmaken.

"Lane vertelde me dat dit zou gebeuren met iedereen die de verdomde Indianen helpt. Het waren zijn woorden. En dat ze haar een lesje zouden leren. Toen ik ze probeerde tegen te houden, sloegen ze me.

"Wie? Laan?

'Ja. Hij liet me bij twee van hen vasthouden en sloeg me toen met zijn riem.

'Sally, was Amazee's zoon er ook bij?

'Ik heb het niet gezien, Clay. Ik heb het niet gezien.

"De wond is niets. Ik ga in de indianenkamer kijken. Mac, geef Sally wat alcohol.

Even later kwam hij terug. Zijn gezicht was doodsbleek.

'Ze moeten haar pijn hebben gedaan. Er zit bloed op het beddengoed.

Plotseling leek Mac gek te worden. Hij pakte zijn hoed en gooide hem op de grond. Een of andere verre Keltische voorouder leek uit hem te komen. Clay had hem in hun tijd samen nog nooit zo gezien.

"Ik zal ze doden, bij God in de hemel! Ik zweer dat ik alle klootzakken ga vermoorden en moge God ze in de hel veroordelen!

"Mac.

"Ik zweer!

Clay nam hem bij de arm. Hij kneep hard.

'Mac, al genoeg. Ik denk er hetzelfde over als jij. Maar stop ermee, verdomme! Dit is niet het moment om te vloeken, maar om te handelen. Hou nu je mond!

Hij wendde zich tot Sally.

'Waar hadden ze India naartoe kunnen leiden?

Sally haalde haar schouders op.

"Ik weet het niet.

Mac beefde nog steeds. Hij opende zijn ogen.

"Misschien weet iemand het.

"WHO?

"De indianen.

'We zouden ze eerst moeten vinden, Mac. Het heeft geen nut voor ons. Maar als we niet weten waar ze haar naartoe hebben gebracht, weten we tenminste waar we Lane kunnen vinden. Sally, maak je klaar. Laten we gaan.

'Ik kan niet van de paal af. In de ochtend komt de post om het schot te wisselen. Ik kan niet.

Clay dacht er even over na.

"Zo kunnen we niet midden in de nacht verhuizen. Laten we eens kijken wat er met de pionnen is gebeurd.

Ze gingen naar beneden. De man aan de deur was weer bij bewustzijn.

'Wanneer was dat allemaal? vroeg Clay. Wanneer het gebeurde?

'Ongeveer een halfuur geleden, Clay. Misschien een beetje meer.

"Ze hebben in die tijd veel kunnen rennen. Hoe gaat het met je?

De man ging rechtop zitten. Hij had een hoofdwond.

'Ik weet het niet. Het doet pijn.

"Komt binnen.

Ze bereikten de schuur waar de pioenen sliepen. Er waren er maar twee, vastgebonden aan de stapelbedden en met tekenen van geslagenheid.

Toen hij iedereen in de woonkamer had, terwijl Mac hen koffie en whisky gaf, vroeg Clay:

"Weet iemand van jullie hoe je sporen moet volgen?

Een van hen knikte terwijl hij dronk.

"Ik, meneer.

'Morgen moeten we je misschien gebruiken.

De man ontkende.

'Het spijt me, mevrouw, maar... we gaan weg.

"Je kunt het niet" antwoordde Sally met opeengeklemde lippen. Je kunt me nu niet zo achterlaten.

'Ze vertelden ons dat ze ons de volgende keer dat ze terugkwamen zouden vermoorden, mevrouw. We blijven niet. Niemand zal ze lastig vallen als ze mensen zoals wij vermoorden.

'Ze hebben gelijk,' zei Clay. Er is geen wet die hen beschermt.

'Inmiddels zullen ze de sheriff hebben losgelaten,' zei Mac. Sally keek hem verbaasd aan.

Clay legde het hem in een paar woorden uit.

"Maar... in dat geval sta je op dit moment buiten de wet.

Maar was het hier ook?

Hij sloeg hard op de tafel.

'Sally, we gaan niet meer ruzie maken. Als de post komt, laat hem die dan behandelen zoals hij kan.

"Ik kan dit niet doen.

"We zullen het morgenochtend zien. Ondertussen gaan we rusten. Mac, sluit de deur goed. Vang het. We zullen rusten tot het licht komt. We kunnen gewoon niet anders.

Hij pakte Sally bij de arm.

"Kom op, maak je geen zorgen. Kom op.

"Maak je geen zorgen...?

"Nou, nee," herhaalde hij resoluut. Laten we naar zijn kamer gaan.

Hij leidde haar naar hem toe. Bij de deur pakte hij haar bij de schouders.

'Het spijt me allemaal. Het was onze schuld, maar we wisten niet wat we met dat arme schepsel aan moesten.

'Ik heb ze gezegd haar mee te nemen... O, ik denk niet aan wat die beesten hier hebben gedaan. Ik denk aan haar.

'Dat weet ik. Maar ik zal je één ding zeggen, Sally: dit is nog niet voorbij. Mac zei het schreeuwend en ik zei het zacht. Ze zullen het zich de rest van hun leven herinneren.

Ze haalde diep adem. Onder haar gescheurde jurk ging haar borst merkbaar omhoog. Er zijn momenten waarop het gewicht van externe omstandigheden op je werkt en voor je werkt. Clay boog zich over haar heen, sloeg zijn armen om haar heen en drukte zijn lippen op de hare. Ze probeerde niet eens weerstand te bieden. Hij reageerde op de knuffel en de kus.

Toen ze uit elkaar gingen, keken ze elkaar recht in de ogen.

Ga slapen, Sally.

* * *

De zon kwam rood aan de horizon. Heel rood, bijna bloederig.

Mac keek hem aan met de ogen van de man die zijn hele leven op het platteland heeft gewoond.

"Binnenkort komt er een storm", zei hij. Voor de middag.

Aan zijn zijde. Clay, halfnaakt, gewassen in de trog.

De drie pioenen staken hun kop naar buiten.

"We gaan weg" zeiden ze.

"Gaan.

"ONS...

"Ga weg.

Ze liepen weg.

'Kijk', zei Mac.

Aan de andere kant van het hek stond een groep paarden. Op dat moment verscheen Sally aan de deur.

"Het eten... O!

Hij had de paarden gezien.

'Laten we ze pakken. Ze zullen niet erg uitgerust zijn als de post binnenkomt, maar... het is het enige dat er zal zijn.

'Kom op, Sally, we zullen je helpen.

Ze verzamelden de paarden en plaatsten ze in de stallen. Mac ruimde ze snel op. Op het moment dat hij wegging, zagen ze het hoofd op het hek.

'Ze zijn er,' zei Sally met zachte stem. Kijk naar ze, ze zijn er.

Het waren nu twee hoofden. Elk van hen droeg een kalkoenveer tussen haar zwarte gevlochten haar.

'Mac, zeg dat ze binnen moeten komen.

Mac verhief zijn stem en zei iets. De twee Indianen sprongen over het hek en naderden hen.

Hun lichamen zaten vol stof. De donker geschilderde gezichten. De wazige ogen.

'Mac, vertel ze wat er is gebeurd.

Mac sprak een paar seconden. De twee Indianen keken elkaar aan. Toen haalde een van hen zijn tomahawk te voorschijn en hield hem in de lucht terwijl hij iets reciteerde.

"Wat zegt het?

"Ik weet het niet. Het lijkt een spreuk, maar ik begrijp het niet. Misschien...

Hij sprak met de Indiaan. Hij leek hem niet te horen, maar toen Mac klaar was, antwoordde hij:

'Hij zegt dat ze die mannen zullen volgen en doden.

'Nee, zeg nee. Zeg ze maar dat ze ons moeten vertellen waar ze kunnen zijn. Laat ze hun vingerafdrukken zoeken en laat het ons weten als ze iets vinden.

'Clay, je begrijpt het niet. Ze moeten wraak nemen. Het is hun wet, zoals wij de onze hebben.

'Praat in ieder geval met ze.

'Ze moeten wraak nemen, Clay.

'Oké, maar zeg dat ze naar de afdrukken moeten zoeken.

Mac sprak met hen. Een van de Indianen verdween naar de deur en begon de grond te doorzoeken. Toen krijste hij iets.

'Ze hebben ze gevonden, Clay. Ik denk dat ze ze gevonden hebben.

Clay en Sally liepen naar hen toe. Een van de indianen wees met zijn vinger naar de horizon. Naar de bergen.

'Ik begrijp het,' zei Clay Bester met opeengeklemde tanden. Begrijpen. Ze willen van het bewijs af. God, iemand gaat dit betalen met bloed en vlees.

'Wat ga je doen?' vroeg Sally.

Clay keek haar aan.

'Je kunt hier niet blijven, Sally, in ieder geval niet alleen. En ik wil die individuen volgen. Breng Mac naar de stad.

'Wacht even, Clay,' zei Mac. Sally zal niet veiliger zijn in de stad dan hier. Denk aan de sheriff. Het is verkocht aan LA. Ze zullen een manier vinden om... haar te duwen. Misschien loop je zelfs gevaar.

'Wacht jullie allebei',' zei Sally, haar gezicht rood van woede. Je praat alsof ik niet voor je sta of vertel wat ik wil. Ik heb de post sinds mijn vader stierf en ik ben niet van plan om het te verlaten. Het voedt me en ik vind het leuk.

Clay keek haar aan.

"Luistert. Als de post niet wordt bezocht omdat je bent aangevallen, zal iemand iets moeten doen, toch? Dingen zullen in de war raken, er zullen protesten zijn, er zullen problemen op de lijn zijn.

Mac opende zijn mond.

'Verdorie, het is een idee.

'Maar...' Sally dacht even na. "Ja, de Overzee zal iets moeten doen. De inspecteurs komen hier elke maand en sommige twee keer per maand. Ja, het klopt.

"Je hebt geen pionnen meer. Je kunt niet anders. Laat de Overseas LA voor een deel opeisen. En we gaan hem opeisen voor de ander.

Hij strekte zich uit terwijl hij naar de Indianen keek, die als een groep overlegden.

'Mac, vraag ze wat ze gaan doen.

Mac gehoorzaamde. Hij wendde zich tot Clay.

'Ze zeggen dat ze ze zullen volgen tot ze ze vinden.

'Mac, ik ga met ze mee. Jij blijft bij Sally en als er iemand komt... laat die dan neerschieten. Heb je het begrepen?

"Maar je kunt niet opschieten met de rode...

'Maakt niet uit. Doe wat ik zeg. Zeg ze dat ik met ze meega.

HOOFDSTUK VII

De hele ochtend waren Sally en Mac druk bezig om de postreizigers te kalmeren. Hij kon eindelijk naar buiten, maar Sally zei tegen de postillion dat hij de overzeese inspecteur in Tucson moest waarschuwen dat er geen arbeiders waren omdat de post was beroofd en de werknemers waren ontslagen.

Toen wachtten ze. Mac was met het geweer in de hand op het dak van het huis gehurkt.

Om drie uur 's middags zagen ze de eenzame gestalte het paard naderen.

'Sally' zei Mac. Het is Clay.

Het meisje opende de deur en liep de binnenplaats over. Bij de ingang wachtte hij.

Clay kwam naar haar toe. Zijn hoofd was op zijn borst neergelaten. Pas toen hij naast het meisje was, sloeg hij zijn ogen op.

'En...' zei Sally.

"Dood" was het antwoord.

Sally bracht langzaam haar hand naar haar gezicht.

"Dood? Heb je...?

"Een schot.

"Gebeurt. Je zult honger hebben.

"Niet.

'Maar je moet eten. Kom op, ik heb iets voor je klaargemaakt.

Clay steeg af en sloeg het paard op de romp.

Mac was neergedaald. Een enkele blik op Clays gezicht deed hem zijn mond sluiten, die hij al had geopend om te vragen:

Clay ging aan tafel zitten. Sally zette een bord voor hem neer.

"Ik heb geen...

"Eten.

Clay begon zwijgend te eten. De andere twee stonden te wachten.

'Verdomme,' zei de dokter plotseling. Vloek.

'Schreeuw,' adviseerde Mac hem.

'Het is niet nodig, Mac. Ik hou me in en ik kan het.

Hij sloeg zijn ogen op.

"Ze hebben haar in de borst geschoten en haar op een steen achtergelaten, dus zo is eenvoudig een jong leven uitgedoofd.

Hij stak zijn hand in zijn vestzak en haalde er iets uit, dat hij in zijn vuist verborgen hield.

Sally liet haar hoofd zakken. Mac mompelde binnensmonds alsof hij bad of vloekte.

Clay kwam overeind.

Toen opende hij zijn hand en legde iets op tafel.

Het was een stuk lood dat aan de punt was afgeplat. Een kogel.

"Zij is degene die haar heeft vermoord", zei hij. En met haar... Sally, heb je iets te drinken?

"Ja.

Het diende.

En de Indianen? vroeg Mac.

'Ze hebben het lichaam meegenomen. Ik weet niet wat ze gaan doen. Ik wou dat je erbij was, Mac, maar dat hoeft niet echt. Nu weet ik wat ik ga doen. Mag ik even gaan liggen?

"Komen.

Sally leidde hem naar een van de kamers. Clay wierp zich op het bed zonder zelfs maar zijn laarzen uit te trekken.

'Vertel Mac als iemand me komt wakker maken. Ik wil slapen tot de nacht.

Sally staarde hem aan. Toen ze hem zijn ogen zag sluiten, ging ze naar de deur. Eenmaal erin draaide hij zich weer om.

* * *

Clay kwam naar beneden toen het al donker was. Hij ging naar de patio en rolde een sigaret. Naast hem verscheen een schaduw.

'Wat ga je doen, Clay?

'Zoek de man die het deed. Er is iets dat de oude Indiaan zei, de vader van het meisje. Weet je nog?

"Niet. Ik denk van niet...

'Een zakdoek, Sally. Een gele sjaal. Iemand heeft er een en die heeft het gedaan.

"Begrijp het. En later...

"Ik weet het niet.

Hij legde een arm om de schouders van de vrouw.

'Sally, het spijt me voor alles wat je is overkomen door ons.

"O, laat maar vallen.

Ze waren heel dichtbij. De sterke geur van bloeiende salie steeg op uit de wei.

Ze hief haar gezicht op. Clay boog zich voorover en kuste haar.

* * *

Het ochtendlicht stroomde al door het raam. Buiten hoorden ze Macs zware voetstappen.

'Wat doe jij hier? Vroeg ze met gedempte stem. Waarom jaagt een man zoals jij hier op een spookgoud in het gezelschap van die oude hooligan? Of... misschien moet ik niets vragen...?

"Nu ja. Je kunt het vragen. Ik kwam uit het Oosten om iets te vergeten dat daar is gebeurd.

"Iets of iemand?

"Iemand.

"Een vrouw?

Ze keek. Toen verscheen er een langzame glimlach op zijn lippen.

"Nee, een kind. Mijn broer. Hij werd ziek en ik wilde voor hem zorgen. Ik wilde niet dat hij naar het ziekenhuis zou gaan. Sommige collega's vertelden me dat ik het niet alleen kon redden. Ik probeerde en . . . het is gestorven.

"Het spijt me.

"Ze zeiden dat ik geen schuld had, maar... de volgende keer dat een kind naar mijn kantoor werd gebracht, begreep ik dat ik niets voor hem kon doen. Ik kon het gewoon niet. Het ging mijn kracht te boven. Elke keer dat ik naar hem keek, kwam het gezicht van mijn broer tussen hem en mij in.

Hij pauzeerde.

"En dat is het.

Ze ademde zwaar.

'Het spijt me. Maar heb je besloten je beroep op te zeggen?

'Ik had besloten totdat ik dat arme meisje zag. Dan weet ik het niet. Ik weet het niet, begrijp je?

"Ja" fluisterde ze. En nu denk ik dat we moeten opstaan. Mac moet zich afvragen waar we zijn.

'Vraag het hem... als hij dat doet.

Mac wachtte op hen bij de deur. De eieren en ham waren al gebakken en de geur drong door de kamer.

Hij keek ze niet eens aan. Hij zette gewoon de borden voor hen neer. Klei glimlachte.

'Goed,' zei Mac, terwijl hij ging zitten. Wat denk je te doen?

'Allereerst, ben je nog bij me?

Mac viel zijn eten aan.

"Ik zeg dingen niet meer dan één keer. Ik heb je eerder verteld. Maar ik zal je een verduidelijking geven: goud bestaat. Het wacht op ons. Deze keer vergis ik me niet, Sally, kijk me niet zo aan.

'Het kan wachten,' zei Clay.

'Zoals je wilt. We zijn partners. Dat wilde ik je even duidelijk maken. En nu... spreek je.

'Luister, jullie allebei. Ik ga op zoek naar de blonde man die een gele sjaal om zijn nek draagt. Jij en ik, Mac, we weten waar het is. Op de ranch in LA Dus we gaan hem daar zoeken. En als ik hem vind, noem ik hem de klootzak en vermoord ik hem.

'Vergeef me. Je gaat hem niet vermoorden voordat ik een paar woorden tegen hem heb gesproken.

"Het maakt niet uit. Vroeg of laat... ga ik hem vermoorden.

"Een dokter redt levens, hij doodt ze niet", zei Sally plotseling.

"Nou, voor je ligt er een die minstens één leven zal beëindigen.

Het antwoord was op brute toon gegeven. Sally opende haar mond en sloot hem weer.

'Een kletsend leven houdt niet op,' zei Mac schamper.

"Ik weet het. En dus...

Buiten werd er gebalkt.

'Het is een van onze ezels,' zei Mac terwijl hij opstond. Iemand komt.

Hij ging naar de deur en opende die, maar gluurde niet helemaal naar buiten.

"Ja" zei hij. Iemand komt. Klei, kom op.

Clay liep naar hem toe.

Heel dicht bij het hek van de paal stond een groep mannen.

Clays gezicht stond bloedserieus toen hij de revolver tevoorschijn haalde.

'Wacht,' zei Mac langzaam. Ik ga naar boven met het geweer. En je kunt beter de deur sluiten en binnen wachten. Geloof het of niet, er zijn Tob Amazee en een aantal van zijn mannen.

Hij pakte het geweer en liep naar de trap.

De mannen hadden de patiodeur bereikt, de ingang van het podium.

Verderop reed een man in een chique vest op een wit paard met lange manen.

'Sally! Schreeuwde hij terwijl hij aan de teugels trok.

'Geen antwoord,' beval Clay.

Sally antwoordde niet. Hij was naar de muur gelopen en een van de geweren neergehaald.

'Sally, we weten dat je er bent! Zout!

De jonge vrouw gaf Clay het geweer. Toen pakte hij er nog een voor haar.

'Ga je niet naar buiten? Nou, we gaan naar binnen. Ik wil met je praten.

Clay controleerde of het geweer geladen was. Het was een "Winchester" en zag er in zeer goede staat uit. Hij wachtte nog bijna een minuut. Mac moet inmiddels op het dak zijn gekomen en door het luik.

Toen opende hij de deur en ging in de deuropening staan, benen wijd gespreid, geweer in de hand. De arm, gebogen.

"Ja?" vraag ik.

Tob Amazee legde zijn hand op zijn hoofd en hief zijn platte hoge hoed iets op.

"Jij, matasano's?

Clay antwoordde niet. De punt van het geweer was iets verhoogd.

Wat doe jij hier in godsnaam?

Clay antwoordde niet. Ik verwachtte.

"Wil je niet antwoorden? Nou, ik ga naar binnen.

Clay antwoordde niet.

"Kom op, antwoord! Ik ga naar binnen.

'Kom binnen, Tob,' zei Sally achter Clay. Waar wacht je op?

'Wacht even' zei Clay. Is Lane bij je, Amazee?

'Nee, dood ons.

'Nou, kom dan maar binnen, varken.

Er viel een stilte.

'Wat zei je?' vroeg Tob met een witte stem.

'Ik zei kom binnen, varken. Je denkt dat ik een oplichter ben. Ik denk dat je een varken en een schurk bent, en een aantal andere dingen die ik stil houd omdat er een dame voor je staat. Kom binnen, kleine man. Ik heb het een keer geraakt. Blijkbaar heeft hij niet genoeg gehad en komt hij terug voor meer. Naar uw smaak. Ik heb een paar mannen ontmoet die graag geslagen worden. Kom binnen, varken, kleintje.

Een van de mannen sprak.

'Negeer het, Tob. Het is een uitdaging voor je. Er is een man op het dak en hij heeft een geweer.

Tob hief zijn hoofd op.

'Wat had je verwacht? vroeg Clay. Een eenzame vrouw vinden en weer bange pionnen? Kom op, kom meteen binnen, klootzak!

'Jij,' zei Tob langzaam, 'je bent al dood, man.'

'Een dode zou het daar niet hebben genageld, idioot. En nu gaan ze of ze gaan zoals ze gekomen zijn. Maar als je Sally weer wilt zien nadat je haar met een riem hebt geslagen, kom dan binnen.

'Ik heb Sally niet geslagen.

'Zijn mannen... nou ja, die varkens wel. Het doet er niet toe.

Toen riep hij plotseling:

'Kom op, kom meteen binnen, vuile lafaard, klootzak! Zijn vader zou het al gedaan hebben.

"Ik ga naar binnen. En jij gaat niet...

'Niet dreigen, varken! Actie ondernemen! Tussen.

Een van de mannen achter Tob liet zijn hand op zijn been zakken. Het geweer ging weer omhoog.

'Je hebt het gewild.

En geschoten. De kogel ging tussen de oren van het paard door en trof de man in de borst.

Hij viel op de grond en ging zitten. Mac's stem was perfect te horen van bovenaf.

'Ik heb ze onder controle, Clay.

Klei glimlachte. Rook steeg op in de stille lucht.

'Tob, ga je naar binnen of niet? Maar als hij nu niet binnenkomt, zeg ik overal dat hij man genoeg is om een vrouw te slaan, maar niet genoeg om op te staan tegen iemand die een broek draagt.

Tob steeg langzaam af. Zijn gezicht was bleek.

'Zeg tegen je mannen dat ze stil moeten blijven, Tob. Je wordt gedekt door twee geweren.

"Dat is het waard.

'Wacht en je zult het snel weten, Tob. We wachten er op.

Tob kon niet anders. Hij liep naar het huis en stak de grote binnenplaats over.

Clay stapte opzij met een scheve glimlach op zijn lippen.

'Binnen, Tob, eenzame lul. Laten we naar binnen gaan.

Tob passeerde haar. Razend, met opeengeklemde tanden.

'Mac! Als een van hen ook maar de minste beweging maakt, schiet dan. Dood die verdomde gele honden!

"Jij" zei Tob.

'Kom op, stop met die onzin. In één keer passeren.

Buiten klonken enkele stemmen.

'Ze zullen je geen goed doen, Tob. Ze zijn goed bedekt. En nu…

Sally stond bij de tafel. Hij had ook het geweer in zijn hand.

'Is het waar dat je bent geslagen, Sally? vroeg de jongen.

"Wil je de borden zien?

"Ik heb het niet gedaan.

'Je kleine vriend Lane heeft het gedaan.

'Dezelfde,' zei Clay langzaam, 'die het Indiase meisje heeft vermoord. Of tenminste iemand deed het op zijn bevel, Tob. Altijd jouw bevelen opvolgen.

Tob draaide zich naar hem om.

"Wat zegt hij over India?

'Ah, maar weet je dat niet? Doe je revolver af, Amazee. Laat hem op de grond vallen.

"Niemand beveelt me, doodt …

Clay hief het geweer op en duwde het naar zijn keel. Hij duwde hard en het hoofd van de jongen schoot achteruit. Hij deinsde achteruit en struikelde over een stoel.

'Hou je mond, varken,' zei Clay met een lage, gespannen stem. Hou je mond en herhaal dat woord niet meer. Je hebt hem al gedragen.

Hij legde het geweer neer en sloeg de andere over de mond in het gezicht.

Tob gromde en reikte naar de revolver.

Sally kon zich niet herinneren zoiets gezien te hebben. Het was alsof er plotseling een tyfoon op de jongen was neergestort.

Clay sloeg hem in zijn maag, gezicht en oren. Een complete serie die de ander als een blok in het midden van de kamer omviel.

Toen boog Clay zich over hem heen, ontwapende hem, trok hem overeind en hield hem bij de kraag van zijn overhemd vast.

'Ik heb een kogel voor je in petto,' zei hij, zijn gezicht heel dicht bij het hare brengend. Dezelfde kogel die het Indiase meisje doodde. Ik bewaar het om het in het hart van de klootzak te steken die het deed. En nu…

Een schot knalde over de kop.

"Anders! Huilde Mac. Kom op, walgelijke, ga weer verder!

Tob opende zijn ogen.

"Ik heb geen enkele Indiër vermoord.

'Je hebt haar verkracht.

"Ik heb dat niet gedaan.

"Dus wie?

"Ik weet het niet. En als je je revolver pakt...

'En jij de jouwe? Amazee, laat me niet lachen. Waarom wil ik een revolver als ik hem op mijn knieën heb? En nu, klootzak, wie heeft dat de Indiase vrouw aangedaan?

"Ik weet het niet.

"Was jij het niet? Of durf je het niet te zeggen? Er worden wel dingen gedaan, maar die worden niet besproken, behalve in een kroeg en onder vrienden, toch?

"Ik heb het niet gehaald.

Clay klemde zijn mond op elkaar.

"Sally, ben je sterk?

'Dat ben ik, Clay.

'Ik ga wat druk uitoefenen op deze dappere haan. Ik ga het op die tafel uitspreiden en er enkele van de instrumenten bij gebruiken die wij matasano's gebruiken. Heb je gehoord van scalpels, schurk?

Het raakte hem in de mond.

"Antwoord als ik je spreek. Heb je er nog nooit van gehoord? Het zijn messen die even scherp zijn als de messen die de Indianen gebruiken om te scalperen. Meer nog veel meer. Ze dienen om te opereren. Met een van hen kan ik de huid van je terug totdat het vlees is ontbloot En dit alles zonder je te doden Heb je zin?

'De zesde kogel,' zei Sally plotseling. 'De zesde kogel die Lowrie Bliss doodde. Herinner je je haar, Tob?

Een nieuwe uitdrukking verscheen in de ogen van de jongen. Clay kon zich niet vergissen over de betekenis ervan. Het was angst, echte angst.

"Sally, ik heb Lowrie niet vermoord...

Clays vuist sloeg tegen zijn kin.

Tob viel met rollende ogen op de grond. Met het geweer in de hand leunde Clay de deur uit.

"Jullie.

Er waren nog drie mannen over. Met z'n drieën, stilstaand, op hun paarden, voor de deur van de patio.

'En zet je hoed af.

Alle drie de mannen brulden tegelijk. Een cowboy kan helemaal naakt gaan, maar hij zal zijn laarzen en hoed houden.

'En laat je wapens op de grond vallen! Kom op Mac, als ze dat niet doen, begin dan met schieten!

Langzaam, grommend en vloekend, begonnen de drie mannen te gehoorzamen. Even later lagen de wapens op de grond.

'Schop ze weg!

Zij deden het. Ze wisten wanneer ze niet ongehoorzaam moesten zijn. Er was een geweer op hen gericht en hun baas was in het huis en in Clays bezit. Ze hadden geen andere keuze dan dat te doen.

Clay ging naar buiten, pakte de wapens en nam ze mee naar huis. De jongen begon weer bij bewustzijn te komen.

HOOFDSTUK VIII

Clay greep hem bij de revers, tilde hem op en leidde hem naar de tafel. Sally veegde met een snelle beweging alle dingen weg die op haar waren.

Tob keek hen beiden afwisselend aan. Wat hij in de ogen van de anderen zag, prikkelde hem.

'Je kunt me niet kruisigen. Ze kunnen niet!

'Niet? Je gaat het zien, vuile schurk. Nu heb je geen papa om je te verdedigen, hè? Heb je je lef verloren?

"Ik ben ze niet kwijt. Maar ik heb niet gedaan wat u zegt dat ik heb gedaan.

Hij probeerde kalm te praten, maar er was angst in zijn ogen te lezen. Hij slikte vaak en zijn huid was gelig.

'Iemand heeft ze voor je gemaakt of je bevelen uitgevoerd. Waar is Laan?

'Ik weet het niet. Woord weet ik niet. Hij heeft alleen gehandeld.

'Je hebt Lowrie van achteren vermoord,' zei Sally.

"Niet waar, Lowrie keerde me de rug toe...

'Je liegt, varken. Ga je gang, Clay, waarom ga je niet...?

'Antwoord voor eens en altijd, varken. Maar ik wil geen uitvluchten meer. Antwoord terug. Was jij het die dat deed met de Indiase vrouw?

"Niet.

Het antwoord was snel uit haar mond gestroomd, maar ze had haar ogen van die van Clay afgewend toen ze antwoordde, en Bester merkte het op.

"Je ging.

'Niet. Het was Lane.

En je wist het. Was je daar

'Niet. Lane heeft het me later verteld. Er wordt gezegd dat hij het was.

'Tenminste' zei Clay, ik weet dat hij degene was die haar hier vandaan heeft gehaald en haar heeft vermoord. Waar is je gele sjaal?

'Ik heb er geen... Hé, dokter, Lane heeft er een. Woord. Heeft het. Ik heb het vele malen gezien.

'Dus het was Lane.

'Ik... vertelde hem dat hij verkeerd had gedaan.

Clay sloeg hem opnieuw met een weerzinwekkend gezicht.

"En daarboven, lafaard. En dit was de superman waar iedereen me over vertelde? Kom op, Sally, daar sta je, je partner te beven en te beschuldigen van wangedrag.

"Ik zie het en ik heb zin om iets terug te doen.

'Wat ga je met me doen? vroeg Tob.

Clay draaide zich naar hem om.

"Je ziet het meteen.

Hij deed haar riem af en bond haar handen ermee achter haar rug vast. Hij kneep goed, hij wilde pijn doen.

Toen nam hij het mee naar de tuin.

"Mannen!

De drie wachtten, hoofden in de lucht, midden op de binnenplaats.

'Tob, gaat het?' vroeg een van hen.

'Hij leeft tenminste,' antwoordde Clay.

"Als meneer Amazee ziet wat hij met zijn zoon heeft gedaan, weet je niet waar je heen moet", antwoordde dezelfde man.

'Wacht maar tot je weet wat ik ga doen.

'U zult er niet aan denken mij te vermoorden, dokter.

'Ik ga hem een pistool in de hand houden en een ander pakken. En moge degene die de ander doodt eerder winnen.

Tobs ogen lieten een kleine blauwachtige vlam passeren. Hoop keerde terug naar hem.

'Je denkt dat je heel goed bent met wapens, toch?

Tob antwoordde niet. Hij wilde het voordeel dat hij zich voorstelde niet verliezen. Hij wilde die demon niet irriteren.

"Maar voorheen...

Hij wendde zich tot de drie overgebleven mannen.

"Een van jullie gaat meneer Amazee zoeken en hem vertellen dat ik zijn puppy in mijn bezit heb. En als je het terug wilt, moet je me aan Lane overdragen.

Tob slikte weer.

"Hé, luister, ik denk dat we dit beter kunnen oplossen...

Nonchalant sloeg Clay hem op de mond. Er spoot weer bloed uit de lippen van de jongeman.

'Spreek als ik het toesta, meid. Kom op, loot onder jullie wie met die ambassade naar het oude LA gaat. En ik hoop dat ze niet hetzelfde doen als de oosterse koningen: ze hebben de dragers van slecht nieuws vermoord.

Hij keerde terug naar het huis.

"Mac, kom naar beneden. Je moet hier iets doen.

Toen de ander op het terras kwam:

'Zet die jongens vast en stop ze in het huis. Bind ze allemaal samen. En lekker.

'Maak je geen zorgen, jongen, ik weet hoe ik een paar knopen moet knopen die niet loskomen.

'Nou... laten we het doen!

Hij legde zijn arm om Sally's schouder. Ze hief haar hoofd naar hem op.

'Je bent... een demon', zei hij met enige angst. Een echte demon.

"Maak je geen zorgen. Ik ben niet altijd.

De mannen werden na een tijdje in een groep vastgebonden. Slechts één van hen was vrij van ligaturen. Clay keek hem aan.

'En nu, ga naar je meester en vertel hem wat er is gebeurd. Dat hier je zoon is. En als hij doet alsof... kijk eens goed naar wat ik zeg: als hij iets tegen ons wil, zal zijn zoon sterven.

"Ja" zei de man moeilijk slikkend.

'Nou... rennen, verdomme! Ren en stop niet.

De man gehoorzaamde.

De overzeese inspecteur arriveerde om twee uur 's middags te paard. Sally wachtte op hem bij de postdeur.

'Sally, wat is er in godsnaam...?

Kom binnen, Hoef. Ik ga het je vertellen.

De inspecteur was een grijsharige man, maar niet oud.

Hij keek naar de gevangenen die in de hoek waren vastgebonden. Hij trok een wenkbrauw op.

'Sally, die...? Is een van hen niet de zoon van de oude Amazee?

'Hetzelfde. Ga zitten. Ik zal iets te eten voor je maken.

'Uzelf? En de Chinezen?

'Hij liet hetzelfde achter als de anderen. Ze werden geslagen en ikzelf... kijk.

Ze trok haar blouse van haar linkerschouder. Hugh staarde naar de striemen.

'Dat was het? Hij wees naar Tob.

'Je opzichter, Lanes smerige beest.

"Ik denk dat ik hem ken. Oké, Sally, er moet iets gebeuren.

Clay en Mac waren net op de trap verschenen.

"Hoewel, dit zijn de mannen die me hebben geholpen. En laat het me nu uitleggen.

Hough schudde beide mannen de hand. Toen ging hij zitten. Sally zette het eten op een bord en terwijl ze het at, legde ze alles uit.

Toen hij klaar was, knikte de inspecteur.

'Ik begrijp dat je niets anders kon doen, Sally, maar misschien had je de Indiase vrouw niet op de post moeten laten.

'Is dat wat u denkt, meneer? zei Clay met opeengeklemde tanden.

De inspecteur stak zijn hand in de lucht.

"Wacht even, dokter. Ik spreek vanuit het standpunt van de Overzee. Dat is wat ze zullen zeggen. Begrijp alsjeblieft dat het niet mijn persoonlijke mening is.

"Dus ik begrijp het.

"Nou, nu moeten we kijken wat we met de post doen. De volgende reis is om zes uur 's middags, toch? Heb je paarden?

"Ik heb ze. Die van die jongens die er zijn, naast degenen die ik nog heb.

"The Overseas kan worden beschuldigd van diefstal van schoten.

'Als je in je rapport zegt wat er is gebeurd, zullen de overzeese mensen heel dom zijn als ze het niet begrijpen.

'Ik zei dat ze aangeklaagd konden worden, niet dat ze het niet begrijpen. Of ze het nu doen of niet, ik heb de leiding om te zeggen wat ze moeten doen in een noodgeval. En we gaan die paarden gebruiken, want dit is een noodgeval.

Hij leunde achterover in zijn stoel en stak een sigaret op.

"Ik zal mezelf begrijpen met de mandarijnen van het buitenland. En ik ga je klacht indienen, Sally. Tegen een bepaalde Lane, toch?

'Dat klopt, Hough. En nog drie mannen.

'Mee eens. Kent u hun namen?

"Een van hen heet Tom, en een ander heet Spider. De derde kende ik alleen van gezicht. Ik ken hun namen niet.

"Nu al.

Hij pakte de hand van het meisje.

"Sorry meid. Maar maak je geen zorgen. De Overzee heeft lange handen. En veel kracht. Zelfs als je leven hier onmogelijk wordt, zullen we een andere plek voor je vinden. Je bent een goede postmanager, en wij niet zo overladen met eerlijke managers.

'Bedankt, Hugh, maar ik zou graag hier blijven.

'Daar kunnen we later over praten,' zei Clay plotseling. Ze wendden zich tot hem.

"Ja dokter?

"We praten later.

"En in de tussentijd komt de volgende reis. Bij gebrek aan iets anders zullen wij u helpen. Ik heb in Tucson al gezegd om nieuwe pionnen te sturen. Maar deze keer zullen het gewapende mannen zijn, burgerwachten van het bedrijf, die zich niet laten intimideren door deze jongens. Morgen ga ik met de oude Amazee praten.

'Dus dat?' vroeg Clay.

'Hoe? Pardon, dokter, ik begrijp het niet. Ik moet met hem praten over wat hier is gebeurd.

"Hiervoor hoef je niet naar de ranch. Amazee zal hier komen als ze erachter komt dat we haar zoontje hebben meegenomen.

"Ik kan niet stil zijn terwijl het komt of het komt niet.

'Het komt wel, maak je geen zorgen. Je kunt je zoon hier niet achterlaten. Omdat…

Hij pauzeerde.

"Hij weet dat ik bereid ben hem te doden als hij niet komt.

'Begrijp het. Maar ik kan dat soort dingen niet doen. De overzeese inspecteurs hebben in zekere zin een officiële functie. We kunnen zelfs optreden als beëdigde deurwaarders.

'Dat is jouw ding, Hough. In plaats daarvan weet ik wat ik wil doen.

'Ik zou het je niet aanraden, dokter.

'Adviseer me dan niet.

Even werd de sfeer gespannen.

Het was Sally die olie in de golven goot.

'We kunnen wel even wachten tot de reis komt, toch? Later zullen we het daar allemaal over hebben.

"Voor mij eens", zei de inspecteur. De zendende mannen zullen hier morgenochtend aankomen. Ondertussen gaan we de receptie voorbereiden voor de volgende reis.

De opluchting was nauwelijks een incident. De gids protesteerde een beetje tegen het geven van niet-trekpaarden, maar toen Hough uitlegde wat er was gebeurd, viel hij stil.

Toen waren ze weer alleen. Hough stak een sigaret op.

'Luister, dokter. Het spijt me, ik ga u dit vertellen, maar ik heb geen andere keuze dan dit te doen. De mannen die onderweg komen, doen het uitsluitend om de belangen van de Overzee te verdedigen.

Clay keek hem ernstig aan.

'Ik heb je niet om hulp gevraagd, Hough. Ik denk dat ik tot nu toe heb laten zien dat ik tenminste weet hoe ik met mezelf moet omgaan... nou ja, met Mac.

"Ik weet het en dat is niet wat ik bedoel. Ik bedoel eigenlijk, ik denk persoonlijk dat je het goed hebt gedaan, en Sally deed hetzelfde. Maar ik kon de mandarijnen van de Overzee er nooit van overtuigen dat hun mannen onze standpunten moesten verdedigen. Dus als de post wordt aangevallen, of Sally, zullen die mannen de wapens opnemen.

'Niemand heeft je om iets anders gevraagd, Hough,' herhaalde Clay met dezelfde intonatie. En als je denkt dat we de post in de weg staan of incidenten kunnen veroorzaken met onze aanwezigheid daar, dan vertrekken we meteen. Het enige wat ik wilde door te blijven, was voorkomen dat er iets met Sally zou gebeuren.

'Ik zei toch dat ik het begrijp, toch?

Daarna ging hij naar buiten om te roken. Sally wendde zich tot Clay.

'Dat had je hem niet moeten vertellen. Hij is een van de beste en meest heteroseksuele mannen die er is.

"Daar trek ik me nu niets meer van aan. Ik ben van plan om te vertrekken.

'En... waar ga je heen? Op zoek naar het goud?

'Nee, totdat ik klaar ben met wat me hier heeft gebracht. Nee, totdat ik klaar ben met die verdomde Amazee en zijn handlangers. Nee, tot...

Toen nam hij haar in zijn armen en drukte haar tegen zich aan.

"Begrijp je dat?

"Y...?" zei ze. Als je klaar bent, ga je toch?

"Ja.

'Volgens mij... je geeft niet om mij.

Clay antwoordde niet. Hij keek haar alleen aan.

"Ja of nee?

'Je weet het. Ja.

'Maar je gaat weg.

"Ja.

"Begrijp het. Alles is... een hoofdstuk geweest. Ik denk dat het zo gaat.

Clay stak een sigaret op.

Kom met me mee, Sally.

"Me...?

Ze legde haar hand op haar borst en liet hem toen vallen. Zijn gezicht was bleek.

'Je bedoelt dat ik met je meega als...?

Zoals mijn vrouw.

Ze forceerde een glimlach.

"Meneer, zoveel eer...

"Zwijg. Ga die weg niet in.

'Hoe wil je dat ik reageer? In je armen vallen?

"Je bent al gevallen" was het antwoord. Ze sloot haar ogen.

'Klei' zei hij uiteindelijk. Er zijn andere manieren om een vrouw te vragen...

'Ik heb geen tijd. Kom met me mee.

'Laten we eens kijken of we verstandig kunnen praten. Waarom blijf je niet?

'In de landen die dat oude opperhoofd domineert? Nooit.

"Klei, ik...

'Geef me nu geen antwoord, wil je? Doe het als alles voorbij is.

"Wat als jij degene bent die eindigt?

Clay haalde zijn schouders op. Er was geen antwoord. Ze kruiste en gekruiste haar armen over haar borst.

'Ok, vraag het me dan.

"Ik zal het doen. Tussen die Indiase vrouw en jij hebben... we zouden kunnen zeggen dat je het verlangen hebt gewekt om weer in mij te leven. Om te leven en te werken.

'En het goud, Clay?

"Oh, het goud. Ik zal die goede oude Mac helpen het te vinden en het weg te nemen. Hij heeft het verdiend na zoveel jaren vechten voor het leven voor hem. Ik wil het niet en ik hoop jij ook niet.

'Voor mij... Vraag het me later, Clay. Of ... laat de zaak vallen en laten we gaan. Je ziet 'hij glimlachte zacht'. Ik antwoord je nu.

"Ik zal het niet opgeven. Zou je hetzelfde van mij denken als ik dat deed?

"Ik weet het niet, ik weet het niet. Vraag het me niet. Ik wil dat je doet wat je wilt doen, niet wat ik wil.

"Dan...

Hough vond ze knuffelend. Hij hoestte discreet.

"Ik denk", zei hij, dat de gebeurtenissen naderen.

HOOFDSTUK IX

Het leek alsof het tafereel zich keer op keer herhaalde. Toen Clay door de deur tuurde, zag hij een groep ruiters naar de paal toelopen. Ze stopten bij de deur van de postkoetswerf.

Clay telde ze snel. Het waren er niet minder dan vijftien.

"Mac.

'Ja, Clay. Ik ga naar het dak.

"Hoezo?

'Maak je geen zorgen, dokter. Ik ben hier.

"Ze komen voor ons.

"Laat me spreken. Ik ben in wat we mijn eigendommen zouden kunnen noemen.

'Voorlopig heb ik de controle, Hough. Ga je me van achteren aanvallen?

"Nee, natuurlijk niet. Ik wil je alleen waarschuwen dat...

'Ja, het buitenland en zo. Ik weet het al. Op dit moment ben ik degene die hier de orders uitgeeft.

Hough was stil. Of hij het ermee eens was of niet, dat maakte Clay nu niet zoveel uit.

Toen maakte een man zich los van de groep en liep naar de grote binnenplaats.

Clay peilde snel de situatie. Alle nieuwkomers waren gewapend met geweren en droegen ze niet in hun bunkers, maar in hun handen.

Hij herkende perfect de lange gestalte en het gewicht van de ruiter die net van de anderen was gescheiden. LA in persoon.

Hij glimlachte, net toen de oude man zijn stem verhief.

"Dokter! Weg.

Clay stond voor de deur. Het geweer in de hand, onder de oksel gehouden, naar voren gericht.

'Hier, Amaze.

'Is mijn zoon daar?

"Ja, is hier.

"Ik wil het zien!

Kom en zie.

"Ik ga niet in de val lopen. Verwijder het. Laat me het zien.

Clay ging het huis binnen, pakte de jongen op en leidde hem naar de deur.

'Hier is het, Amaze.

Hij had Tobs lichaam voor zich neergelegd.

'Is hij vastgebonden? Maar... Zoon, gaat het?

'Antwoord, Tob.

"Ja vader. Kun je me hier niet uit krijgen? Deze verdomde...

Clay duwde het geweer in zijn nieren.

"Hou je mond, klootzak.

'Jongen, we gaan je nu eruit halen. U, dokter.

Clay duwde Tob weg en gooide hem de kamer in.

"Hoe gaat het?

"Laat mijn zoon vrij.

'Amazee, raak niet oververhit. Het kan heel slecht voor je zijn.

'Laat mijn gezondheid met rust en... laat de jongen los!

'Hoofd voor hoofd, Amazee. Ik heb die van Lane nodig.

"Waarom?

'Je weet het perfect. En ik ga je één ding vertellen: het minste teken dat je mannen iets tegen ons willen doen, zal de dood van je zoon betekenen. En ik ga geen ruzie meer maken! Of je geeft me Lane, of je ziet je zoon nooit meer levend terug. Heb je het begrepen? Lane heeft twee misdaden begaan en haar zoon wist ervan. Nu is het aan jou!

"Dokter, mag ik...

'Ik zei dat ik geen ruzie meer wilde maken! Geef me Lane! Kom maar op!

Er viel een stilte. Bijna een minuut.

'Ik weet niet waar Lane is. Hij is niet bij mij.

'Het is goed. Ik zal de jongen vermoorden.

"Wacht!

"Naar wat?

"Ik luisterde…

De oude man hijgde. Het klonk in zijn stem. Clay fronste zijn wenkbrauwen.

"Ik praatte.

"Als ik Lane aan jou overgeef, dan…

'Ik zal uw zoon aan u teruggeven. En God weet dat ik hem met mijn blote handen zou willen doden, want hij is een varken, maar ik zal mijn woord houden.

"Maar als ik Lane niet heb…

"Zoek het op!

Hij pauzeerde.

"Je kunt het. Hij heeft mannen en hij heeft macht. Hij heeft altijd beide misbruikt. Nou… gebruik ze! Haal Lane.

'Dokter, mag ik binnenkomen?

"Zodat?

"Praten met jou.

'Ontwapen jezelf en kom.

De oude man liet zijn wapens vallen.

'Zeg je mannen dat ze niet weg moeten gaan van waar ze zijn. Laat ze geen moment bewegen… behalve om Lane te zoeken.

De oude man draaide zich om en sprak. Klei luisterde. Hij herhaalde zijn woorden zonder iets toe te voegen.

Toen kwam Amaze binnen.

"Pup, ben jij…?

Hij boog zich over zijn zoon heen.

"Papa", zei de jonge man, "kun je dit niet doden…?

"Zwijg! Ik zal de situatie oplossen.

Hij wendde zich tot de groep die naar hem keek: Clay, Sally en Hough.

"Ik zie het" zei hij.

"Wat?

Het was Clay. Ik staarde naar hem.

"Ik ga niet meer in discussie. Ik wilde gewoon zien of mijn zoon... oké was. De helft is. Ik ga hem negeren, want zijn leven is me meer waard dan dat van een voorman. Voorwaarden?

Hij sprak rustig.

"Mijn voorwaarden zijn: Lane.

"Zijn hoofd?

'Niet. Levend. Ik wil hem zelf vermoorden.

"Hij zal het krijgen.

'En... ik ben nog niet klaar. We vertrekken hier met uw zoon. We zullen het vrijgeven zodra we weg zijn.

'Hoe weet ik dat ze hem niet gaan vermoorden?

'Je zult me moeten geloven, Amazee. Het is een kwestie van nemen of laten.

'Jij', zei de oude man moeizaam, 'bent de eerste die me aan het kruis heeft genageld.

'Het zijn mijn zaken niet, Amazee. Accepteer je of niet? Ik wil geen ruzie maken.

"Is het leven van een rode huid je zo waard?

Sally legde haar hand op Clay's arm toen ze witte lijnen van woede op Clay's gezicht zag verschijnen.

"Het is oké. Wat mij waard is, is iets dat niet genoeg voor je is. Jij niet, niet veel anderen zoals jij. Wat belangrijk is, is... dat ik nu de kracht heb en dat is het enige dat je hebt begrepen in je leven. De kracht! Wacht even, Amazee. Vele malen heeft hij anderen ertoe gebracht het te slikken. Begrijp het nu! Ik zou met je kunnen praten over mensenrechten; ik zou het niet begrijpen. Maar als we dezelfde taal spreken, zal hij Begrijp me, breng me Lane.

Amazee keek hem hypnotiserend aan.

'Dus dat is jouw standpunt.

"Ja.

"Hij zal het krijgen.

"Jij weet waar het is.

"Ik denk het wel.

"Breng het.

"Hier?

"Ja, verdomme. Hier.

'Dokter,' zei Hough op kalme toon, 'waarom kiest u niet een andere plaats?'

Clay draaide zich naar hem om.

"Omdat ik dat niet wil! Hier ben ik waar ik bevelen kan geven. Ik wil deze plek en geen andere. En de belangen en principes van de Overzee kunnen wat mij betreft naar de hel gaan.

"Ik veronderstel" zei Amazee ", wie weet dat hij na wat hij me heeft aangedaan nergens meer heen zal kunnen ...

Hij realiseerde zich dat hij op het punt stond de man te bedreigen die alle triomfen voor hem had, en hij hield zijn mond dicht. Klei glimlachte.

'Hoe komt het dat de sheriff zijn kleine vriend niet heeft meegenomen?

"Ik wilde deze zaak zelf oplossen. dat wens ik niet...

'Nou. En nu... Lane. Je moet weten waar je bent.

De oude man liep naar de deur. Eenmaal erin draaide hij zich om.

"Jongen" zei hij tegen Tob ", maak je geen zorgen. "En tegen Clay": Je had kunnen hebben wat je met mij had gewild als je dit niet had gedaan.

"Loop naar de hel.

En de oude man ging weg. Ze zagen hem overleggen met zijn mannen en hoe ze begonnen te lopen.

'Laten we nu wachten,' zei Clay.

'Dokter, u moet...' begon Hough. Maar hij viel stil toen hij de uitdrukking van de ander zag". En jij, Sally...

'Ik weet het al. The Overseas zal me ontslaan.

"Ik heb niet zoveel gezegd, maar...

'En het kan me niet schelen, Hough. Ik zou het opnieuw doen.

'Ja, ik weet wat voor soort vrouw je bent. Eigenwijs en... moedig. Dokter, wat gaat u doen als Lane bij u wordt gebracht?

'Wat je niet weet, zal je geen pijn doen, Hough.

"Ik begrijp het.

Mac kwam van het dak.

"Nou, ze zijn weg.

De middag ging langzaam voorbij. Om zes uur arriveerde een groep ruiters bij de post. Hough kwam naar buiten om hun instructies te geven. Het waren er vijf en ze leken vastberaden en capabel. Ze regelden alles in een oogwenk, zonder vragen te stellen toen ze die vastgebonden mannen zagen, wier handen alleen om de beurt waren losgemaakt om hen te eten te geven.

Clay keek naar Houghs berekenende blik. Hij kon haar gedachte bijna raden. De Overzeese inspecteur had er even over nagedacht om de situatie met zijn mannen over te nemen, maar leek het op te geven.

Ze hebben gewacht.

En de nacht kwam, en de nacht ging voorbij. Clay sliep maar even, terwijl Mac toekeek. Toen nam Sally het over. Dawn verraste ze al.

Bijna net toen de rode schijf achter de bergen vandaan gluurde, zagen ze ze.

'Klei' zei Mac. Ik denk dat ze komen.

"Op het dak.

"Dit begint al een gewoonte te worden. Het duurt niet lang of mijn oren zullen uitgroeien en ik ga miauwen om eten en melk drinken van een bord.

Old Amazee reed voorop in de groep.

"Beste! Dokter!

Clay leunde de deur uit.

"Goed?

"Hier is het.

Twee van zijn mannen stapten naar voren en leidden een andere tussen hen in. Zijn handen waren vastgebonden aan de pommel van de stoel.

'Breng hem hierheen.

"Laten we gaan jongens.

De twee mannen naderden de ander. Ze lieten hem bijna bij de deur achter.

'Hoi, Lane,' zei Clay zacht.

De ander sloeg zijn blauwe ogen op. Er was een vreemde uitdrukking over hen.

Opeens verhief hij zijn stem.

'Amazee, je hebt me verkocht, Judas!

'Het ging over het leven van mijn zoon voor dat van jou, Lane.

"Je hebt me gekruisigd!

'Je hebt jezelf pas gekruisigd toen je dat deed met het Indiase meisje. Toen hij haar vermoordde. Toen hij Sally sloeg. Jij alleen, Lane. Geef niemand de schuld.

"Wat ga je met me doen?

'Wat je niet met ze hebt gedaan. Geef je de kans om tegelijkertijd met mij de revolver te trekken.

'Je wilt me vermoorden.

Clay haalde zijn schouders op.

'Neem het zoals je wilt. Op dit moment maakt het me niet uit.

"Bester! Amazee huilde. Mijn zoon.

"Ik heb je al gezegd. Ik neem het. Maar ik geef u mijn woord dat ik het u veilig en wel zal teruggeven.

'Je gaat het me nu geven!

'Nee. Ik wil niet dat hij met al die mensen op me valt. Ik accepteer het.

En met zachte stem:

"Sally, heb je dingen klaar?

"Alles.

"Mac?

"Ja, Klei.

'Mooi, Amazee. Ga maar terug naar je ranch. Je zoon komt binnenkort bij je.

"Je zult niet gehoorzamen, wat je zegt!

"Ik zal het vervullen. En noem me niet meer een leugenaar, want het zal je zwaar belasten. Hier, jij bent de enige leugenaar.

'Meneer Amazee, laat me niet alleen met die vent,' zei Lane.

'Daar wil ik het niet meer over hebben. Amazee, ga terug naar je ranch of stad, waar je maar wilt. Maar... wegwezen!

De oude man twijfelde. Hij ging met zijn hand door zijn haar. Hijgen:

'Bester, als er iets met de jongen gebeurt, zweer ik dat ik hem zal achtervolgen door het hele land, door de Verenigde Staten.

'Ik heb je al gezegd dat er niets met je gaat gebeuren. En nu... gaan ze weg of niet?

Er was nog een lichte aarzeling. Toen zei Amazee:

'Jongens, ga aan de slag.

"Meneer Amaze!

Het was Laan. Zijn gezicht was razend, van een ongezonde kleur.

'Laat me hier niet achter, meneer Amazee.

'Mac, laat de mannen van meneer Amazee los,' zei hij.

Clay'. We hebben ze niet nodig. Alleen Tob en... mijn liefste, mijn geliefde Lane.

Mac gehoorzaamde. De drie mannen gingen zich bij de anderen voegen.

En de hele groep begon langzaam. Clay mikte op Lane met zijn geweer.

Het gespannen tafereel duurde bijna een half uur, totdat de groep verdwaald was aan de horizon.

"Natuurlijk," zei Hough, "ze zijn niet weggegaan. Ze zullen zeker overal op je wachten, en ze zullen je zeker duur laten betalen voor dit alles. Tenminste, dat zou ik in plaats daarvan doen.

'En ik' beaamde Clay. Maar... Mac.

"We gaan ze niet verwennen. We gaan naar de bergen. In hen zal niemand mij vinden. Ik ken ze alsof ik erin geboren ben.

Clay knikte.

'Sally,' zei Hough, 'heb je er goed over nagedacht? Ga je?

Ze schudde bevestigend haar hoofd.

"Ja, Hough", zei hij later. Ik ga. Het spijt me.

'Nee, ik weet dat je het niet voelt. Maar ik begrijp het tenminste. Nou, ik wens je veel succes.

'Wacht even,' zei Clay.

Lane had een zet gedaan. Mac ging naar hem toe.

'Niet bewegen, verdomd varken. Beweeg niet.

"Luister, ik...

Sally confronteerde hem ermee.

'Lane, ben je je lef kwijt?

"Luister, Salie...

'Niet. Je hebt me geslagen, weet je nog? Je had me vastgehouden door twee mannen en je sloeg me met de riem.

Lane sloot haar mond. Zijn ogen leken wild in hun kassen.

"Hoezo" zei Clay ineens ", wil je getuige zijn van een duel?

"Een uitdaging? Wil je met die man vechten?

'Ik heb het al verteld. Maar ze denken dat ik het ver van hier doe. Nee, trouwens. Ik ga het doen... hier. Voor je neus. Zij zullen mijn getuigen zijn.

'Oké,' zei Mac. Heel goed, ja, meneer.

"Luister, dokter...

„Wil je wel of niet als getuige dienen? Jij en je mannen.

Hough haalde zijn schouders op.

"Als je vastbesloten bent...

"Ik ben.

“Doe in dat geval wat je wilt.

'Wil je getuige zijn als iemand erom vraagt?

"Ik zal het zijn. Mijn mannen en ik zullen het zijn.

'Het wordt moord,' zei Lane.

"Niet. Het zal een gevecht worden. Mac, maak een pistool klaar, met de hele lading kogels. Dan ga je die vent ontketenen. En, Sally, breng de jonge Amazee. Hij heeft ook het recht om het te zien.

Houghs mannen waren dichterbij gekomen. In de ogen van hen allen kon je lezen dat ze dit voor geen geld zouden missen.

'Hoewel, kun je jezelf in het midden van de twee plaatsen,' zei Clay. Jij wordt de scheidsrechter.

"Volgens.

Mac liep naar Lane toe. Met een snelle beweging sneed hij de touwen door die hem aan de pommel van de stoel vasthielden.

'Kom naar beneden, varken.

Lane viel op de grond. Hij keek rond.

"Nee, je kunt niet weglopen. Wat je wel kunt doen, is bidden.

Mac had de revolver in één hand. Het geweer in de andere.

'Blijf waar je bent, Lane.

Clay wendde zich tot Sally. Ze keek hem aan, haar gezicht bleek.

'Klei, voor de liefde van God, wees voorzichtig. Ik heb gehoord dat deze man linkshandig is en schiet...

'Hou je mond. Maak je geen zorgen. Ik moet het toch doen.

Ze omhelsde hem. Toen liet hij het los. Tob keek naar hen.

"Lane! "Zei hij. Dood hem!

Clay sloeg hem in de mond, zonder veel kracht.

'Hou je mond of je gaat achter hem aan.

"Je zult het je herinneren.

"En jij.

Toen huilde hij:

'Mac! Kun je hem het pistool geven?

'Zodra je klaar bent.

Clay ging in het midden van de binnenplaats zitten. Hough liep tot hij tussen hen in was. Sommige van zijn mannen trokken hun pistolen.

'Nee, jongens, ik denk niet dat hij op me probeert te schieten.

'Voor het geval dat, baas', zei een van hen.

En even later stonden de twee mannen alleen in het midden van de binnenplaats.

'Hoewel, tel twintig meter tussen jullie twee,' zei Clay.

Hough telde ze langzaam. Hij liet Lane zien waar hij kon staan, en de ander deed dat.

Clay veegde zijn handen af aan de zitting van zijn broek. Laan deed hetzelfde. Toen liep Mac naar hem toe en keek naar Clay.

"Al" zei deze.

Mac greep het pistool bij de kolf.

'Als je probeert te schieten voordat ik het al zeg, vermoord ik je', zei hij terwijl hij het geweer ophief.

"Loop naar de hel.

'Kom op Mac,' zei Clay.

Sally sloot even haar ogen. Toen hij ze weer opendeed, stonden de twee mannen tegenover elkaar. Hough, in het midden, weg van de vuurlinie.

Clay was kalm. Hij keek recht in zijn vijand, die, een beetje gehurkt, zijn pistool al in zijn revolver had, waar Mac het had neergelegd.

De zon was tegen Clay. Deze realiseerde zich wat laat, maar wilde niet meer van plaats wisselen. Hough zag het ook. Maar als hij de aandacht van de dokter trok, zou hij afgeleid kunnen worden en dat zou fataal zijn.

Met zijn linkerhand duwde hij zijn hoed naar voren. Die zet stond op het punt hem te verliezen.

Lane legde zijn hand op zijn linkerbeen en de revolver sprong eruit.

Clay volgde. Zijn hand leek langzamer dan normaal, en toen leunde hij iets naar beneden en opzij. Dat heeft zijn leven gered. De kogel, die zijn hart zou hebben geraakt, schampte zijn arm. Tegen die tijd was hij al aan het schieten.

Twee van zijn kogels vonden Lane's lichaam en draaiden hem met geweld rond, zodat zijn andere schoten onschadelijk de lucht in vlogen.

En Clay leegde zijn revolver op het lichaam. De laatste kogel trof Lane al op de grond.

Clay richtte zich op. Hij hijgde een beetje. Een dun straaltje bloed liep langs zijn arm.

Sally rende naar hem toe.

"Jij bent gewond!

'Nee, het is maar een kras.

"Wacht, ik moet je shirt uitdoen...

"Later.

Hough liep naar Lane toe en keek hem aan.

"Dood" zei hij.

Toen schudde hij Clay de hand.

'Ik ben blij, dokter.

"Bedankt.

Hij wendde zich tot Tob, die hem aanstaarde en moeizaam slikte.

'Luister, Amazee. Zo meteen kan hij gaan. Lopen.

"Wandelen?

"Ik heb het gezegd. Wandelen. Ik wil niet dat hij zijn vader inhaalt tot we ver weg zijn. Maar eerst wil ik iets voor je doen. Mac, maak het los.

"Wat ga je met mij doen? Hetzelfde als...?

'Nee, geef hem maar een pak slaag die hij zich zijn hele leven herinnert.

Mac staarde Clay aan.

'Wacht, Clay, zou het niet beter zijn als je het gewoon liet vallen en...?

'Niet. Maak het los.

"Zoals jij het graag wilt.

Deed. Tob strekte zijn lange ledematen. Er verscheen een behoedzame blik in zijn ogen.

"Als ik win ...

'Als hij me verslaat, laat Mac hem gaan. Vrij. Maar...

Tob wachtte niet. Hij sprong op en zijn vuist kwam in de richting van Clays kaak. Hij glimlachte, draaide zijn hoofd weg en sloeg met zijn vuist in Tobs lever.

Amazee's zoon sloeg zichzelf dubbel. Toen sloeg Clay hem met een prik tegen zijn kin en gooide hem terug. Voordat hij de grond raakte, landde hij nog twee stoten. Het lichaam van de jongeman viel op de grond.

Kom op sta op.

Tob deed het. Hij had de verticale lijn nog maar net bereikt of Clay snelde al over hem heen.

Een haak, nog een zijwaartse slag en... op de grond.

"Sta op.

Maar deze keer gehoorzaamde Tob niet. Hij bloedde uit zijn mond en uit één wenkbrauw. Een van zijn ogen was bijna gesloten.

'Niet opstaan? Wel, Hough, ze zijn getuigen geweest. We gaan weg. Laat het gaan zodra we weg zijn. Kan ik je vertrouwen?

'U kunt het, dokter. En veel succes.

Hij pakte Sally op en sloeg een arm om haar schouders.

'Succes voor jou, meisje.

Vijf minuten later waren ze buiten de paal, op hun paarden gezeten en gevolgd door de muilezels.

'Je laat me nu meteen gaan,' zei Tob tegen Hough.

"Echt waar? Niet voordat er minstens twee uur zijn verstreken", antwoordde de agent. "Je kunt niet meer lopen na de correctie die je hebt gekregen.

"Verdomme...

Hough staarde hem aan.

Luister, jongeman, ik ben niet afhankelijk van je vader. Ik behoor tot het buitenland. En wat er op de post gedaan wordt, bestel ik. Heeft begrepen? En als je erover denkt om het je vader te vertellen, onthoud dan één ding: er is een openstaande rekening tussen jou en de Overseas, voor mishandeling en vernieling van eigendommen en mishandeling van een postkantoormedewerker. Je zult zien wat je voorkeur heeft.

Tob sloot zijn lippen.

Beste Hough, herinner je je mij nog? Slechts een paar korte brieven om u te informeren dat we hebben gevonden ... daarom zijn er altijd zoveel mensen gestorven. Een geel metaal. De oude Mac had gelijk. Het rif bestond. En hij heeft het al aan de kaak gesteld en werkt als een kracht om het eruit te halen. Maar het is er en het is genoeg.

'Denk je dat het me iets kan schelen? Nee. Clay en ik nemen alleen een deel van dat goud. Lang genoeg voor Clay om een kantoor in Tulsa op te zetten. En nee, het zal werk zijn dat een goede dokter als mijn man ontbreekt. Want , weet je, we zijn twee dagen geleden getrouwd.

"Het zou lang duren om te vertellen wat we hebben meegemaakt voordat we de oude Amazee ons spoor in de bergen lieten verliezen. Maar we snappen het.

»We hebben alles bereikt.

Zelfs geluk, dat alles waard is.

»Je meest aanhankelijke

"Sally."

EINDE